WUNDERL

Bellevue

Gerda Sengstbratl

WUNDERL

Die Deutsche Bibliothek verzeichnet diese Publikation
in der Deutschen Nationalbibliografie.
Detaillierte bibliografische Daten sind im Internet abrufbar unter
http://dnb.d-nb.de

1. Auflage Oktober 2014
© 2014 Marta Press, Verlag Jana Reich, Hamburg, Germany
www.marta-press.de
© Umschlaggestaltung: Andreas Reich
© Umschlagbild: Gerda Sengstbratl
Printed in Germany.
ISBN 978-3-944442-10-5

„Wunderl" (1) kleines Wunder; österreichischer Diminutiv. (2) Drei Schuhgeschäfte in der Ortschaft Sollenau. Geschäft eins ist d e r Designerschuhshop Österreichs, Nummer zwei verkauft Modelle der letzten Saison und der dritte Laden nennt sich das „Wunder vom Wunderl" wegen der Preise. „Autobahnabfahrt Traiskirchen", größtes Flüchtlingserstaufnahmezentrum Österreichs.

Anmerkung: Leopold, der Gründer von Österreich, hat achtunddreißig Wunder bewirkt. Mich beschäftigte das nie besonders. Aber dann geschah einiges. Ich folgte ihm und seiner Mutter, die mit über fünfzig aufs Pferd stieg, davonritt und nie wiederkam.

Am 22. Jänner 2011 wäre Kreisky hundert gewesen. Dass er als Jude österreichischer Kanzler geworden ist, sei ein Wunder gewesen, sagt eine Frauenstimme in einer Radiosendung. „Was es gibt und was real ist, ist kein Wunder!", schließt sie.[1]

---

[1] Emmy Werner, langjährige Direktorin des Wiener Volkstheaters

Sie treiben mir die Bögen aus, meine Bögen, in denen ich liege wie in Körbchen, stünde die Welt Kopf.

Fakten

Leopold bewirkte achtunddreißig Wunder. Jedes einzelne ist im Vorzimmer des Verduner Altars im Stift Klosterneuburg in bunten Fresken dargestellt, und jedes Bild ist in Stuck eingefasst, so als handelte es sich um Buttercreme aus dem Tortenspritzsack. Am jüngsten Tag müssen die Knochen genauso liegen wie sie eingegraben wurden, sonst können die Toten sich nicht erheben. Leopolds Gebein ist auf viele Häufchen und Splitter zerstreut. Wäre ich er, würde ich mich auch an eine, die eine Ahnung von Knochen hat, wenden. Eine, die vielleicht etwas unternehmen würde, dass das Gebein wieder zusammenfände, sollte dies der Auftrag sein.

Wunder 1: Putto mit Ochsenjoch.
Wunder 2: Auge auf der Brust.
Wunder 3: Leopold tritt eine Figur mit Geldsack zu Boden.

Wir

Léon ist der Bus vor der Nase weggefahren. Er wartet in Leopoldsdorf. Ich finde ihn vor einem Haus, das ich kenne und das mich kennt. Es ist das Haus meines verflossenen Liebhabers, ein Afrikaner wie Léon. Keiner der beiden weiß vom andern. Nie haben sie einander getroffen. Wie kommt es also, dass sich Léon vor das Haus dieses Mannes stellt? Wieso landen zwei afrikanische Männer vor ein und demselben Haus in so einem Kaff?

Wunder 4: Heiliger Geist auf der Brust.
Wunder 5: Liebe mit verwundetem Herzen und Lamm.

Frau

Ich sehe mich in einem Viktualienladen in der Nähe des Stephansdoms um.

Ich: „Haben Sie einen Leopold?"

Die Verkäuferin: „Ja. Er kostet 350 Euro."

Die Figur ist mir zu teuer.

Die Verkäuferin druckt mir die Abbildung der Schnitzerei aus dem Katalog wie ein Heiligenbild aus.

Fakten

Im Abendjournal kommt ein kurzer Nachruf. Rudolf Leopold war Kunstsammler und Museumsgründer der Sammlung Leopold.

Frau

Montag, Dienstag und Mittwoch vormittags renoviere ich einen Schrein. Da stehen zwei Kinder herum, die scheinbar nirgendwo dazugehören. Ob sie mir helfen möchten. Ja. Sie polieren die Glasplatten vor den Schautafeln, schneiden, kleben und stauben ab. Den Namen des Mädchens habe ich vergessen. Der Name des Jungen ist Leo.

Zirkusgassentempel

Leopold führt in die Leopoldstadt. Die Leopoldstadt führt in die Zirkusgasse. In dieser stand der sogenannte Türkische Tempel, der Tempel der sefardischen Jüdinnen und Juden. Und Bilder davon führen nach Andalusien: Im Türkischen Tempel der Wiener Leopoldstadt sehe ich das Innere der Moschee von Cordoba.

Ich komme aus Europa. Dochte flackern. Mir ist so kalt. Ich fahre, um die Moschee von Cordoba zu sehen, und denke, dass ich beim Anblick der Säulen sicher weinen werde.

Doch weine ich nur im Traum beim Anblick eines Vorhanges vor einer Tür. Teerosen ranken sich auf weißem Stoff und mir ist so, als hätte ich mein Leben lang nach etwas Diffusem gesucht und endlich enthüllt es sich mit diesem Vorhang.

Die Wohnung, die ich beziehe, ist mit Laminat ausgelegt: Fotografiertes Holz auf Plastik. In die Fugen tropft Wasser, dann löst sich das Foto ab. Unter dem Dach sind die Wände so dick und kalt, dass sich das Gemäuer aus meiner Körperhitze speist, wenn ich schlafe, so als fräße es an mir. Morgens sind Kopf und Ohren eiskalt und die Ränder meiner Zunge überzogen mit brennenden Blasen. In den örtlichen Läden hängen luftgetrocknete Keulen von Plafonds und darunter bekommt man Angst vorm Erschlagenwerden. Eine Keule liegt angeschnitten in der Küche der gemieteten Wohnung, duftet und schmeckt würzig wie Bauernspeck.

Wunder 6: Mäßigkeit.
Wunder 7: Starkmut.
Wunder 8: Wissenschaft mit Globus, Zirkel und Büchern.

Zirkusgassentempel
Das Badezimmer der gemieteten Wohnung hat zwei gegenüberliegende Spiegel. Wenn ich dazwischenstehe, sehe ich mich endlos oft, so wie in der Moschee. Bögen über Säulen wölben sich in Rostrot und Elfenbein bis zum Horizont, wie eine Spiegelung im Badezimmer und hinten wird es ganz wie Nebel.
Im Patio des maurischen Bades von Cordoba wachsen Orangenbäume und Wein rankt auf den hohen Mauern. Barfuß über flaschengrüne Kacheln laufen und über schwarze und weiße Kieselsteine in maurischer Ornamentik, Vorfahrinnen des Waschbetons. Ein Brunnen gluckst und im Becken schwimmen himmelschlüsselgelbe Rosen. Die Beine auf den Brunnenrand legen, die Sonne legt sich auf meinen Kopf wie ein Turban.
In den Plafond des Hamams sind Sternenlöcher eingelassen. Auf der Haut zerplatzen Seifenschaumbläschen, die kitzeln. Die junge Frau gießt aus zwei kleinen Schüsseln warmes Wasser in feinen Rinnsalen

über mich. Am Ende der Behandlung schenkt sie mir einen Fetzen mit dunklen Wutzeln meiner toten Haut. Umwickelt vom Koran, eingehüllt in den Islam, gewärmt im Europa von einst bin ich.

Wunder 9: Füllhorn mit Obst.
Wunder 10: Sieg mit Waffen.
Wunder 11: Füllhorn mit Geld.

Frau

Der kleine Leopold aus Berlin, den ich zum ersten Mal treffe, ist mit seiner Mutter, meiner Kusine zu Besuch und hat zwei Zähne. Er trägt eine abgetragene, taubenblaue Mütze mit einem Spitz zwischen den Augenbrauen, eine dunkelblaue Wollweste mit Fusseln und er geht auf unsicheren Beinen. Meine Kusine im froschgrünen Strickmantel mit rotem Haar folgt dem Kind. Leopold sieht aus, als wäre er von früher. Ich parke. Das Stiftsmuseum Klosterneuburg stellt Heilige in einer Vitrine zur Schau. Die Preise sind horrend. Dem Leopoldkind schenke ich ein Hinterglas-Heiligenbild mit seinem Namenspatron, hinterlegt mit Gold.

Ich komme auf den Parkplatz zurück. Da liegt neben meinem Auto ein Knochen. Ich hebe ihn auf, wickle ihn in einen Fetzen und lege ihn in den Kofferraum. Mich ekelt. Ich drehe mich nochmals um. Da liegt ein zweiter Knochen. Ich ziehe einen Plastiksack als Handschuh über und hebe auch den zweiten Knochen auf. Beide sehen aus wie Oberschenkelknochen eines größeren Tieres. Mehrere Tage lang fahre ich mit den Knochen im Auto herum und stelle mir vor, wie sich fette Maden in meinen Kofferraum einnisten. Leopolds Knochen werden im Stift und außerhalb an verschiedenen Orten separiert von der Schädeldecke aufbewahrt.

16

Wunder 12: Ölzweig.
Wunder 13: Liebe mit Herz.
Wunder 14: Glaube mit Kreuz.
Wunder 15: Ehe mit Ring.
Wunder 16: Hoffnung auf Wunder durch Anrufung des heiligen
Leopold.

Wir

Léons Fahrt mit dem Bus zur Arbeit führt entlang Feldern und Grün. In den Frühsommernächten, wenn er nach Hause kommt, schweben lautlose Lichtpunkte über Wiesen.

Zirkusgassentempel

Wir müssen dreimal zum selben Ort. Dann spricht er zu uns. Auch wenn ich mich nicht erinnere - ich bin das dritte Mal von so weither gekommen. Kalifen und Wesire, Scheichs und Chefs riefen mich. Jedes Gewölbe hält sich selbst, ohne zu drücken oder gedrückt zu werden. Liebe hat eine Farbe. Bei mir ist sie gelb. Liebe hat eine Form. Bei mir hat sie sich immer in Form eines Bogens gezeigt. Die Bögen in der Moschee stehen geduldig da, wie gerundete Hände zum Schutz über mich gehalten. Bunte Lichtflecken kriechen langsam die uralten steinernen Gesimse entlang.

Sie ruhen ein wenig, sie fließen. Durch ein Dachfenster fällt ein Sonnenfleck auf den Boden. Ich möchte mich hineinknien. Die Bögen haben gewartet. Man erkennt mich am Tanz zwischen Säulen zu Tönen aus bunten Flecken von Licht. Die Architektur meines Inneren ist geformt aus einem Dach von Rundungen in Rostrot und Elfenbein. Es tupft auf die Stirn. Es tropft. Es kniet und beugt sich nach vorne mit sonnengetränkten Köpfen mit orangenblütenen Kleidern mit brunnengefüllten Ohren. In diesem Bau wandeln, schlucken, atmen, dann sehe ich Flügel an mir selbst. Eine Hand zieht mich durch den Himmel wie durch Schwemmwasser, nur um vor den Wunderwerken auf Erden abgesetzt zu werden. In mir ist ein Himmel voller Bögen vertausendfacht.

Leopold

„L u u i t p o o o l d!!!" Der laute Schrei seiner Mutter, gedehnt und schnaubend, fehlte ihm. Wer buk für Leopold Palatschinken? Kochte Topfenknödel? Er stocherte in Rehragout und zerkleinerte gedankenverloren in den Suppen Grießnockerl zu Brei. Er trug an Wochentagen keine Rüstung, keine Spitzenkrägen, keine Perücken. Er hätte niemals zu einem Deo Roll-on „Höhlenmofa" gesagt. Niemals zu einer heraushängenden Unterhosenetikette „Arschfax".

Fakten

Zur Heiligsprechung Leopolds fanden Turniere, Bankette und Lustbarkeiten statt. Jede Pfarre wollte danach von seinem Gebein, egal wie klein der Knochensplitter. Leopolds Grab wurde geöffnet, die Knochen entnommen, verschleppt und verschleudert. Stücke seines Skelettes finden sich an Orten, wo man sie nicht vermuten würde.
Leopolds Schädeldecke wird in einem mächtigen Schrank in der Schatzkammer des Stiftes verwahrt, und nur einmal im Jahr, am Leopolditag, auf einem samtenen Kissen durch geheime Gänge ins Stift getragen und auf den Vorplatz. Leopold wird angerufen, um Landesregierung, Volk und Ordensmänner zu segnen. Durch einen Schlitz im roten Samt, bestickt mit Gold, Perlen und Juwelen, erspäht man ein Stück Schädeldecke, die aussieht wie ein Straußenei. Auf der Schädeldecke sitzt eine Hutkrone geschmückt mit Hermelin, Gold und Perlen. Und nach dem Segen muss sie zurück in den Schrank, getrennt vom Rest der Knochen. Ich bin zum ersten Mal Zeugin dieser Zeremonie.

Wunder 17: Ein Mann stürzt und wird gerettet.
Wunder 18: Ein Mann mit Pfeil im rechten Auge, wird geheilt.
Wunder 19: Beide gebrochenen Beine eines Mannes gesunden.

Fakten

Der Leopolditag ist ein schulfreier Jahrmarkt mit Betrunkenen und Fahrenden, mit Ringelspiel, Geisterbahn und Baby-Bungee-Jumping. In einem Stadl führen zwei Leitern auf ein mächtiges Fass, das mehrere tausend Liter fasst. Sich hinhocken und während des Wünschens in die ausgestreckten Arme von zwei kräftigen Männern gleiten.

Wunder 20: In den Brunnen gefallenes Kind wird zum Leben erweckt.
Wunder 21: Ein Fischer wird auf der Donau gerettet.
Wunder 22: Der heilige Leopold löst einer Frau einen Schuldschein ein.
Wunder 23: Am Bett einer Kranken wird gebetet.

Frau

Im Hochsommer kommt Poldlkraut zu mir. Wo die Alpen auslaufen, erinnere ich mich nur an ewiges, monotones Bergaufgehen immerzu durch Wälder an der Rentierlederleine eines Hundes hängend wie an einem Schlepplift. Ich bin langsam und schwitze. Bergauf ist schlimm. Zwischen der Wut wachsen Felder voll Poldlkraut. Es ist, als wäre ich zur Ernte gekommen. Die Pflanzen haben das beste Licht, die Stille der Gegend und den Überblick eingefangen.

Auf der Fahrt nach Hause erzählen drei Bäuerinnen im Radio, dass sie jedes Jahr Poldlkraut sammeln und es drei Wochen in Schnaps einlegen, abgießen, jeden Abend ein Gläschen trinken und niemals Schlafprobleme haben. Diesen Weg werde ich jeden August gehen und Poldlkraut sammeln, damit ich gut durch den Winter komme.

Wunder 24: Ein Kind, das ins Wasser fiel wird zum Leben erweckt.
Wunder 25: Soldaten versuchen von Schiffen aus, Klosterneuburg zu
erobern. Leopold droht, die Schiffe durch Sturm zu zerstören. Da
lassen die Soldaten von ihrem Plan ab, bereuen und werden gerettet.

Zirkusgassentempel

Das metallblecherne Scheppern der Glocken auf der Moschee hört sich
so an, als schlügen Kochlöffel auf Töpfe. Aus einer Richtung tönt
Männersingsang und Gebrumm, eine Männerstimme predigt aus einer
Ecke. Wie eine riesige Schlange schlängelt sich diese Stimmung, die
ich nicht leiden kann, plötzlich durch die Säulen: getragen und feier-
lich, wo es nichts zu feiern gibt. Melancholisch, wo es nichts nach-
zuweinen gibt. Dem Jenseits und dem Gestern huldigend. Es wird
gefleht und ersehnt. Hirn, Herz und Eingeweide zum Gretlzopf geflochten, so eng um den Kopf der Gläubigen liegt, dass die Windungen
nicht atmen können. Nichts erhellt sich, nur auf die Brust drückt
Schwere. Orgeltöne gehören zu Gläubigen wie Preiselbeeren zum
Hirschsteak und halten sie im Zaum. Die Töne werden geblasen.
Einhundert große Blasen schweben nebeneinander. So merken sich die
Christen besser, wie unzulänglich sie sind, wie klein und nichtssagend.
Manche gruseln sich und kommen tagtäglich. Verenden werden sie,
verwesen und unter Platten aus Stein von Würmern gefressen. In einem Silberkelch mit Glaseinsatz stecken Fingerknochen mit einem
Deckel in Form einer Krone. Zwei Totenschädel und gekreuzte Knochen dekoriert mit goldenen Blumen und silbernem Tand in einer
gläsernen Schatulle ausgelegt mit purpurner Seide wie ein Mi-
ni-Aquarium.
Wie konnten sich Glocken und Orgelton so stark durchsetzen, dass sie
zusammen eine gesamte Religion ergaben? Einmal auf Metall schla-
gen und nichts als Luft mittels Blasebalg durch eine Metallpfeife gepresst, kombiniert mit Weihrauch und hohen Plafonds, so dass jedes

Flüstern hollert. Schon ist die christliche Kultur erzeugt. Alles könnte dann in jeder Sprache gesprochen werden. So legte sich das Christentum zwischen die Säulen und auf den Islam in der Moschee.

Ewig lange geht das schon, und was da alles aufgeblasen wird. Und die Frauen lassen sich das gefallen. Ich bin alt und müde von diesem Schwachsinn. Ich sage nichts mehr, denn ich habe mich getäuscht: Ich dachte, meine Lebenszeit würde ganz leicht ausreichen, um alles umzukrempeln.

Leopold

Eine Wahrsagerin folgt mir einen Weg an der Donau entlang. „Leopold wurde von seiner Mutter verlassen. Sie ritt Richtung Heiliges Land, das sie nie erreichte, und Leopold wurde heilig. Ich sehe einen hellblauen Schleier mit Sternen. Ich sehe Kreuzzügler und Fremde, die in der Wiener Gegend vorüberkamen. Es geht um eine Frau, der es sehr schlecht erging. Sie hatte etwas mit einem fremden Schwarzen. Im Verduner Altar in der untersten Bildreihe links ist dieser Schwarze dargestellt. Es erging ihr nicht gut. Es formt sich im Gehen. Es formt sich im Forschen", sagt die Wahrsagerin.

Wir

Ich gieße Kaffee in die Tasse, die Léon verwendet hat, ohne sie auszuspülen. Ich schmecke auf dem Tassenrand seine parfümierte Hautcreme und sehe seine Hände, wie sie brüsk auf sein Gesicht klatschen und es schroff einreiben.

Wunder 26: Eine vom Blitz getroffene Jungfrau wird geheilt.
Wunder 27: Ein in den Brunnen gefallenes Kind wird zum Leben erweckt.
Wunder 28: Eine besessene Kärntnerin wird kuriert, ein ertrunkener Knabe atmet wieder.

Leopold

Der Babenberger rührt zart an mir, so als wolle er zu mir oder durch mich durch auf die Welt. Er umwickelt mich von innen wie Tentakel, wie das, was durch mich durch auf diese Welt will. Was ich davon spüre, schwingt sich lieb um mich herum, so als würde ich geflochten und gewärmt umwickelt mit goldenen Fäden.

Fakten

Mehrere hundert Jahre lang war Klosterneuburg ein Fruchtbarkeits-pilgerort. Leopold und Agnes hatten zusammen so einen großen Haufen Kinder, dass die Kirche gar nicht wusste, wie sie mit der Heiligsprechung tun sollte, wegen der vielen offensichtlichen Zeugungsakte. Sie ließ dann eben Agnes fallen und erhob nur Leopold in den Heiligenstand, damit die Sündhaftigkeit halbiert war.
Ich warte.
Leopold!
Leg du mir ein Kind auf die Türschwelle!

Kinder

Es wird erzählt, dass während der Blütezeit Andalusiens niemand niemanden ausgrenzte. Der Begriff des Fremdseins hatte keine Bedeutung. Christentum, Islam und Judentum lebten in Frieden. Es gab kein Außen und kein Innen. Ich werde in dieser Gegend dreimal schwanger.
Ich bin sechsundzwanzig. Es ist Mittag im August. Mein Freund und ich sind mit dem Auto unterwegs und legen eine Siesta ein. Wir halten in einer Mulde. Liebe und Bögen kommen bei mir immer zusammen. Ich gehe zur Bananenschachtel, hole die Espressomaschine aus Aluminium heraus, befülle sie mit Wasser aus dem Plastiksack, der an einem Gummizug an einem Olivenbaum hängt. Das dünne Rinnsal aus dem Sack läuft über meinen Körper und ich trage nichts als einen Slip.

Es ist brütend heiß. Ich lehne mit dem Rücken am Auto. Ich werde schwanger.

Ein paar Jahre nach der ersten Schwangerschaft verreisen alle meine Freundinnen und Freunde zu Ostern. Nur der spanische Miguel bleibt und erlöst mich unter Decken von mehreren berührungslosen Monaten. Still und ohne Erregung liege ich da und werde zum zweiten Mal schwanger.

Ich bin dreiunddreißig. Ich erwache. Auf dem Gesicht des Mannes neben mir liegt fein schimmernder Staub. Er ist ein Nachkömmling der Mauren. Ich werde zum dritten Mal schwanger.

Wunder 29: Ein besessener Junge wird geheilt.
Wunder 30: Heilung eines Kranken.

Frau
Barfuß über Holzdielen gehen tröstet mich, auch meine alte Lamperie im Wohnzimmer und anderes aus Holz. Das war schon so, seit ich denken kann, und deshalb hat mir mein Vater gleich einen ganzen Wald geschenkt. Der Wald liegt ruhig und fernab von Straßen und Güterwegen. Das Gras ist fein, die Bäume dick und alt. Es wachsen Kräuter, Beeren und Pilze, und ein Bach bildete die Grenze. Von der höchsten Spitze aus sieht man die Donau im Strudengau. Neben einer Felswand stehen zwei rindenlose glatte unendlich hohe Baumstämme, wie Maibäume, die wie Stäbe den Himmel mit der Erde verbinden. Indem man sich an ihnen hochhievt, gelangt man auf ein Felsplateau, das schon vor mehr als tausend Jahren ein Kultplatz war.

Wunder 31: Eine Frau wird auf der Donau errettet.
Wunder 32: Ein Mann wird nach elfjährigem Leiden an Podagra[2]
geheilt.

Leopold
Unter dem Fenster der Poidltant gegenüber der Schule stehen schreiende Schulkinder und warten. Da regnet es Kochschokoladenstücke. Es regnet Kekse, Striezelscheiben, alten Weihnachtsbehang, Geleeostereier.

Zirkusgassentempel
Die Stadt riecht nach Feigen und nach Rosmarin. Ich höre das Leben. Ich kaufe Fisch und ein Junge springt in smaragdgrünes Flusswasser. Abends sitzen wir beim Feuer bis zum Morgengrauen und zum ersten Vogel.
Ich tanze zwischen glatt gefingerten Stelen. Ich klebe einen Mosaikstein neben den nächsten.
Ich knie mich nach Osten. Ich wasche mir die Füße. Ich schnitze Holz und schneide Kacheln. Ich füge Blätter zu vanillefarbenen Blüten auf Orangenbäumen zusammen. Ich forme Ranken, lege den Kopf in den Nacken und blicke hoch, sehe ich den Garten dieses Lebens. Eintausend Jahre frisch blüht er aus einer Wolke. Wer diese Halle der Moschee baute, hat so sehr geliebt, so stark und inbrünstig und niemals ausgesprochen. Ich fahre mit den Augen die Linien nach. Jede üppige Spalte und prächtige Ritze im Flüsterton und ich rufe.

Wunder 33: Einem Nußdorfer wird ein gebrochener Arm geheilt.
Wunder 34: Ein Verbrühter wird kuriert.

---

[2] Fußgicht, besonders der großen Zehe.

Leopold

Vergangenen Sonntag tuckerten Zirkuswagen an mir vorüber. Ein junger Mann aus meinem Dorf namens Leo, den ich gekannt hatte, als ich sechzehn war, lenkte einen der Wagen. Darin lagen zwei Leoparden in einem Käfig.

Zirkusgassentempel

In Cordoba trifft Allerliebstes auf Gräuel, die Liebe auf Abscheu und etwas Klares wird überdeckt und zugepflastert. Eingottreligionen griffen in Andalusien ineinander wie die drei Teigrollen eines Hefestriezels. Dann wurden sie zum Zopf geflochten und riefen ihre drei Götter an. Moslems knien sich zu Gebetszeiten auf ihre Teppiche wie Metallsplitter zu einem Magneten Richtung eines Meteoriten in Form einer Riesenmöse hinter einem schwarzen Vorhang. Christen lieben die „Virgen", die Jungfrau Maria mit schwarzem Gesicht, gehüllt in ein himmelblaues Tuch und dem blutenden Herzen. Juden glauben an Lilith mit den Flügeln und das gespaltene Wasser.

Von Andalusien aus verschiebt sich die Welt: Man reist das Meer entlang, die Nase folgt den Orangenblüten, der Mund Früchten, die fallen und verrotten. Vor Reisenden liegt der warme Südweg das Mittelmeer entlang und weiter über Meere und Berge bis Buchara bis nach Babylon.

Unter dem Pflaster der Moschee liegen Tausende Christenleichen. Entlang der Wände sind christliche Heiligenkojen wie Ausstellungsbuden auf Messen vergittert. Christenregeln wurden erfunden und so lange wiederholt, bis sich Hornhaut auf der Zunge bildete, so wie sich bei gläubigen Moslems ein Punkt auf der Stirn bildete vom ewigen Berühren des Bodens.

Wunder 35: Ein kleiner Junge wird gesund.
Wunder 36: Ein Mann wird von heftigem Nasenbluten geheilt.

Kinder

Hinter meinem Haus steht ein Baum, groß wie ein afrikanischer Urwaldriese mit dichtem Blätterwerk. Zwischen den Zweigen sind abgestorbene Blätter, verweste Blüten und verwitterter Lurch. Im Geäst bewegt sich etwas. Meine Freundin, die Strickpullover trägt, beim Sprechen ihre rote Mähne nach hinten wirft und Revolutionen mag, ist zu Besuch. Sie steigt mit mir in den alten Baum. Statt der Tiere entdecken wir kleine Buben. Schimpfend vertreibe ich sie und blicke ihnen nach, wie sie in ihren Trägerlederhosen und den nackten, knochigen Oberkörpern über den Platz unter dem Baum wegtrotten. Einen Moment lang denke ich, ich hätte vielleicht meine Söhne weggeschickt und vertrieben. Meine Kinder.

Ganz weit oben, unter dicken Ästen versteckt, finden wir drei kleine Zimmer aus Holz, sonnengetränkt und offen Richtung Süden.

Zirkusgassentempel

Mütter verehrende Berberbergvölker sträubten sich erfolglos gegen die Islamisierung. Die Almohaden und die Almoraviden zogen westwärts, und bei der späteren Meerenge von Gibraltar hielten sie den Europäern die fünffingrige Hand der Fatima vors Gesicht und wanderten nordwärts.

Sefardische Frauen drehen seidene silberne Fäden. Sie gravieren, ziselieren und hämmern. Bei allen Völkern gab es welche, die auf die anderen hinuntersahen, die Ashkenasen auf die Sefarden und die Städter auf die vom Land und die aus dem Norden auf die aus dem Süden. Heraustreten lassen und sie am Ende umbringen.

Leopold

Am Dienstag bestellt mich eine Freundin in ein Suppenlokal am Markt. Ich kreise ungewöhnlich lange auf der Suche nach einem

Parkplatz. Ich stelle das Auto ab, verriegle und um mich zu orientieren, schaue ich auf das Straßenschild. „Leopoldgasse".

Zirkusgassentempel
Züchtiges Rezitieren von Litaneien stört die Bögen, die Streifen und die Geometrie. Das viele Gold stört und das Aufgeplusterte. Bauchige Sprüche fallen in vorgefertigte Formen wie Küchlein. Tränenuntermalte Orgelmusik gibt vor, dass sich die Handlung zuspitzt wie bei Filmen. Nichts spitzte sich jemals zu. Christen haben sich mit Pracht zwischen die nüchternen Muster der Moslems gezwängt. Ein Putzwagen mit Glänzer hält. Er ist mit dem Bohnern fertig. Aus tüchtigen Kirchenmännern kriechen die immergleichen Schnörkselsätze so wie damals schon, als die moslemischen Erbauer noch mit gewaschenen Füßen lautlos auf dicken Teppichen knieten. Ich stehe in Fes und in Timbuktu. Ich stehe in der großen Moschee der großen Huldigung. Schräg fällt Licht ein. Ich sehe tausend Jahre. Ich sehe flaschengrüne, geschnittene Kacheln. Ich rieche Harze und Orangenblüten. Ich höre Wasser plätschern und ich trage die Ohrringe einer sefardischen Braut im golddurchwirkten Kleid und einen Umhang, bestickt mit Teerosen. Zum Fest werden Kuttelflecke abschabt und mit viel Majoran angeröstet.

Wir
Der Tischler liegt mit dem Bauch auf dem Boden im Treppenhaus. Er feilt an der Unterkante der neu eingesetzten Eingangstüre. Er klopft und bohrt und zeichnet mit einem dicken, vierkantigen Bleistift Zeichen an den Türstock, nachdem er sich aufgerichtet hat. Die ganze Zeit über spricht er halblaut mit sich selbst.
Gleichzeitig steht die Badezimmertür angelehnt. Die Waschmaschinentür wird zugeschlagen und der Wasserzulauf setzt sich in Gang. Die Dusche geht an und aus. Danach quietscht ein Handtuch über Glas

beim Trockenwischen. Die ganze Zeit über spricht Léon zu sich und dann zu den Geistern. Laut und deutlich.

Zirkusgassentempel
Unbedingt will ich den Zauber finden. Ich muss. Ich schaue so lange. Wenn man bei den Toren der Moschee langsam hin und her geht, bricht sich dort, wo Mosaiksteinchen heruntergefallen sind, das Licht, und es glitzert wie Schnee in der Sonne. Ich knie nieder und beuge mich, berühre den Boden mit der Stirn. Wer jemals da war, muss die Tore Europas aufreißen und diesem rostroten und goldenen, dunkelblauen, türkis europäischen Islam Einlass gewähren. Beim Hinaustreten aus der Moschee schwöre ich, jeden Tag wiederzukommen, bis wir eins sind. Wo auch immer ich hinziehe, wohin immer ich auch gehen werde: Diesen Ort trage ich in mir.

Wunder 37: Ist zerstört.
Wunder 38: Heilung eines Kranken.

Leopold
Ich bin neun Tage älter als mein Freund Leo. Wir sind in derselben Zeitzone geboren. Wir sind wie Zwillinge. Er liebt Orange, Tomatenrot, Grün, Taubenblau und Kuttenschwarz und lebt in Berlin.
Gebügelte Socken und Unterwäsche liegen millimetergenau auf Stapeln. Sie gehören seinem Mann. Musik spielt leise, Kerzen brennen auf einer weiß gedeckten Tafel. Die ersten Geladenen treffen ein. Besteck klimpert zu Grappa. Knödel mit Salat werden aufgetragen. Wir sind sieben Gäste aus sieben Nationen. Leo schenkt nach. Plötzlich schimmern die Gesichter, Liebes zischt. Sternenstaub sinkt uns auf die Häupter. Auf dem Heimweg um vier in der Früh prickelt Glück. Leos Feste sind ein Geschenk. Knödelessen bei ihm führen in ferne Länder.

Märchen sind Konservendosen, die alles verschlüsselt bewahren, was vor der großen Verbrennung wirklich existierte.

Zwischenräume

Meine zusatzversicherte Schwester, die im Geburtshaus Nußdorf natürlich gebar, kann auch noch zu den letzten Pionierinnen der Wildnis gezählt werden. Meine Kusine, die den kleinen Leopold zur Welt gebracht hat, vergaß ich zu fragen. Alle weiteren: nach Vereinbarung aufgeschnitten, Generalentmachtung und Generalvergessenmachen. Die Geburten nach Kalender, die aufgeschlitzten Bäuche, sind eine Amnesie der gesamten Kulturgeschichte der Menschheit.

Fakten

Itha war zweimal verheiratet. Sie bekam neun Kinder.[3] Eines der Kinder war Leopold, Schutzpatron von Österreich. Ihre Enkelkinder verehrten die schwarze Madonna und gründeten Mariazell. Sie wurde vor neunhundert Jahren geboren und stammte aus einem Adelsgeschlecht.[4]

Mit fünfzig Jahren verließ sie Mann und Kinder und schloss sich einem Kreuzzug[5] an. 1101 ritt sie weg und kam nicht wieder. Über ihr Verschwinden gibt es mehrere Behauptungen. In einer wurde Itha entführt und tauchte in Aleppo in einem Harem wieder auf. Sie wurde vom Stadthalter Aleppos schwanger und brachte einen Sohn namens Zengi zur Welt. عماد الدين زنكي, Imād ad-Dīn Zankī wurde später ein mächtiger Anführer des Dschihad gegen die Kreuzritter.

Leopolds Mutter

Im Sommer in Gars am Kamp geht Itha zuweilen mit einem Bottich umher und mit dem Tuch nach hinten geknotet mit Kleiderschürze und hölzernem Schuhwerk, immer mit einem ihrer Kinder an der Hand. Frauen von Gars und Adelige ihres Alters kommen zu Besuch. Jeden Sommer wieder, wenn es in den Gärten leise ist, nur fein Kindsgeschrei aus einem Zimmer durch die Fensterspalten dringt, denkt sie darüber nach und sehnt sich nach etwas. Ithas Brunnen im Sommergarten zu Gars ist traumhaft und ihr Schattenplatz beinahe orientalisch, immer mit einem Kind auf dem Schoß. Wenn das Wetter heiß ist, kann sie gut sein.

---

[3] Sieben Töchter: Elisabeth, Juditta, Gerberga Helbirk, Ida, Sophie, Euphemia, Adelheid und zwei Söhne: Rapoto und Leopold.
[4] Itha, die Mutter von Leopold stammte einerseits aus dem Geschlecht der Grafen von Formbach-Ratelnberg, und war andererseits die Tochter der Gräfin von Passau aus dem Geschlecht der Chaim. Ihr Name wird auch „Ida" geschrieben.
[5] Den Kreuzzug führte Welfs IV. von Bayern an.

Zwischenräume

An den Wänden hängen Gemälde. Eines ist mit weinrotem Stoff wie Blut bezogen und hängt schief. „Bevor das Bluten aufhörte, ein irrer Sturm. Dann eine Weile Stille, bis es wieder floss", steht darunter. Es gibt mehrere Bilder mit Blut. Bei einem ist Blut auf den Rahmen gespritzt. „In mir ist ein Becken, tief, weit und groß. Dort schwimmt mein heller, roter Traum. Gestern war dort eine Geschichte, zauberhaft. Ich konnte sie nicht abschöpfen, nicht aussieben und sie nicht einmal in meinem Eimer hochziehen." Kann man darunter lesen. Unter drei Bildern steht: „Abgetrieben". Es gibt Schwangere, die in Panik stürzen, sobald sie sicher sind, dass sie in guter Hoffnung sind. Schwangersein und Sterbenmüssen sind plötzlich eins. Jede Körperzelle in diesen Frauen erinnert sich an einen eigenen, längst vergangenen Tod, den sie überlebt haben. Die drei letzten Bilder sind von mir. Und nun hoffe ich, dass mir jemand ein Kind auf die Türschwelle legt.

Leopolds Mutter

Dahlienwurzeln vom ersten Frost getroffen, sonnengetränkte Sichtschutzplanen für den Winter gefaltet. Itha hat in den Bergen ihr Feld abgeerntet und winterfest gemacht. Was wird aus den Kindern werden? Wer weiß, kommt sie wieder? Doch dann schließt sie die Augen und sieht Pfoten und weißes Fell. Sie sieht sich selbst, wie sie auf der Wiese liegt und ihre vier Beine ordnet wie ein Kalb mit weißen Locken auf dem Kopf. So wird ihre Reise werden. Vor und hinter Itha sitzen hocherhoben auf ihren Pferden Reiterinnen mit zwei Brüsten, manche auch nur mit einer, und viele Männer, die auch wissen, was sie tun. Die Rastplätze, die Sätze sind besessen und voll von Kreuzen auf Kleidern, Pferden, Helmen, Häuptern. In Händen und auf Stangen. Der Ritt führt fort, der Schlaf erfolgt in Zelten, der Traum kommt in der Kälte. Die

34

Taschen sind gefüllt. Der Tross mit den guten Ideen, der Weisheit und dem wahren Glauben.

Itha reitet ostwärts, bis ihr aus den Fersen Steigbügel wachsen und ein Sattel aus Speck unter den Sitzhöckern. Immer hält sich eines ihrer Kinder an ihr fest, verkrallt sich in ihrem Inneren fest, in ihrer Vorstellung ein weinendes Gesicht. Hin und wieder lassen sie ab von ihr, ihre sieben Mädchen, ihre beiden Jungen. Wie sie alle bei ihrem Abschied so brav dastanden, ihre unbemutterten Kinder, als wären sie Heilige. Sie erinnert ein Schluchzen, als sie aufs Pferd stieg und davonritt.

Zwischenräume

Auf den Scheiben hängen Regentropfen. Am Himmel hängt Blau. Die Nacht naht sich dem letzten Haus in den Wiesen über der Stadt. Morgen ist Walpurgis. Wir werden die Erde mit jungen Birken überziehen, wir werden mit Peitschen knallen. Wir werden fliegen.

Ich muss nochmals auf die Erde kommen, wenn mir nicht jemand ein Kind schenkt. Das habe ich nicht erledigt.

Leopolds Mutter

Der Schuster ist nicht in seiner Werkstatt. Die Tür steht offen. Itha stellt alle ihre kaputten Schuhe samt Sack ab und nimmt unverwüstliche Stiefel mit kurzem Schaft vom Reparaturregal, die nicht ihr gehören. Einer ist groß, einer klein, doch sie passen. Ihta hinterlässt eine Notiz auf dem Tresen.

Der Schuster lässt den Sack in Ithas Unterkunft zu Boden plumpsen und stellt ihr als Geschenk für den Großauftrag ein paar senfgelbe Schuhe hin. „Für deine weiten Reisen", sagt er. „Die Stiefel kannst du auch behalten. Die hat nie jemand abgeholt."

Zwischenräume

„Und was sagen Sie dazu, dass die zwei bedeutendsten Leute Amerikas nämlich Sie und Obama, Schwarze sind?" Der britische Talkmaster fragt Oprah Winfrey, die bestverdienende Frau der Welt. „Ich bin 1954 in Mississippi als ‚Neger' - so hieß das nämlich damals - geboren." Sie erzählt darüber, wie sie als Kind sexuell missbraucht wurde, schwanger wurde und wie sie betete, dass das Kind abgehen würde und wie sie alles dafür zu geben versprach, wenn. Das Kind kam nicht. Oprah meldete sich für alle Ämter: Schulsprecherin, Vertreterin, Abgesandte. Sie wollte nichts als das Erbe Martin Luther Kings fortführen. „Dass ich heute vor Ihnen sitze, ist ein großes Wunder. Martin Luther King wäre sehr stolz auf mich und Obama", schließt Oprah.
Es gibt viele Frauen, die keine Kinder geboren haben. Irgendwann hört das Sehnen danach auf. Irgendwann finden sich die, die eines wollten, damit ab, dass es einfach zu spät ist. Oder sie schaffen sich Hunde an, so wie Oprah.

Leopolds Mutter

Jede Kreuzzüglerin ist alleine in einer Felsritze, nur Zikaden, nur türkises Rauschen. Itha im Tütübadeanzug ist umgeben von smaragdfarbenem Wasser. Es riecht nach Rauch, Sonnenbad unter Pinien auf Nadelschatten still am Meer in wunderbar gezirpter Weise. Ein Kind sitzt unsichtbar auf Ithas Rücken. Je weiter die Reise, desto mehr zerbröselt das Wissen, es löst sich die Stärke, der Wille, der Sinn wie Zucker im Wasser.

Zwischenräume

Ich beuge mich hinunter zu meiner Wut wie zu einem Haustier: Ich habe etwas für sie. So viele Frauen um mich herum sind ohne Kinder, wir haben studiert und verdienen so viel wie Männer. Uns verbietet niemand, woran auch immer zu arbeiten, und dennoch: Wir sind Teil eines nicht enden wollenden Stromes von Versorgung, der aus den Ursprüngen der Menschheitsgeschichte zu uns herüberschwappt. Es schwingt etwas Zeitloses daher, ohne klar zu werden, eine Andeutung von Verlust, eine Ahnung von Multikulturalität, von Bildung, Geschichte und Kunst. Die Essenz bleibt von einer Generation zur nächsten auf der Strecke.

„Wir, als die letzten Übriggebliebenen einer Kultur, die sich erinnert. Wir glauben ans Tun und an das Gute, wir glauben an Feen und Zwerge und wissen, dass die Roten schon längst auch geistig übersiedelt sind. Durch die Konservativen in den Regierungen Europas hat die soziale Kälte Einzug gehalten", sagt eine der Frauen.

In meiner Arbeit hat jetzt eine Frau alle Schränke frei gemacht von allem, was an die Frauenfrage erinnert, und in Schachteln auf den Boden gestellt. Auf der Schachtel steht nun: „Welche Schachtel hat die Schränke so zugemüllt?" Früher träumte ich von dieser Frau, dass sie mir ein goldenes Buch geschenkt hat und jetzt hilft sie dabei, dass alle nach uns vergessen.

Leopolds Mutter

Itha sitzt mit sechs Leuten fest, die unbedingt weiterreisen wollen, doch der Ortskundige, dem sie alle vertrauen, kann sie nicht fortbringen. Weshalb, sagt er nicht. Jetzt ist keine Zikade mehr zu hören und kein anderer Lärm. Sie haben schon mehrere Tage in dieser Wildnis verbracht, als eine von ihnen eine Stelle findet, die seicht genug ist, um durch das Wasser aufs Festland zu waten. Im Inneren trägt Itha strampelnde Beine eines ihrer Kinder, dick und rund und es kommt ihr vor, als rieche es nach Säuglingskopfkaramel und ranziger Milch.

Itha zieht ein Tuch aus ihrem Ranzen und riecht daran: sonnengetrocknete, verschüttete Milch. Es riecht nach Bauernhaus und nach Melken, nach einem ihrer Kinder nach dem Stillen. Sie riecht noch ein letztes Mal, faltet das Tuch und steckt es zurück.

Heilen

Ganz vorne gehen Polizisten. (Sie müssen, denn die Prozession ist angemeldet als öffentliche Kundgebung). Dahinter folgen weißgekleidete Frauen, Trommlerinnen und Frauen aus Matriarchaten der Erde, die es noch gibt. Zum Schluss kommen die Göttinnenbannerträgerinnen und das gemeine Weibervolk.

Sie tragen Rehkrickerl und Großväteruhrketten mit Münzen um den Hals. Der Tross hält an einem Brunnen, an dem Wasserpriesterinnen früher Wunder wirkten. Dieser Ort und alle Amtsgebäude der Stadt, in denen gesellschaftlich bedeutende Entscheidungen getroffen werden, werden markiert mit Mehlkreisen und roten Linsen, mit Reiskörnern und mit Polenta. Die Schaulustigen am Straßenrand lachen. Die Pfarrer schauen verdutzt.

Mir ist die Prozession eine Genugtuung. Kaum konnte ich gehen, hat man vor mir die Züge marschieren lassen: Blasmusikmänner und Kameradschaftsbundmänner und Kirchenmänner und Gemeindemänner und Jägerprozessionen und Schuhplattlerverband, und mit jedem Schritt erwecke ich alle die zum Leben, die so still waren und an den Rand der Straße verbannt, eingesperrt, hinter Mauern, in die Häuser, in die Küchen.

Ich sehe jeden Tag nach, ob schon ein Kind auf meiner Türschwelle liegt.

Leopolds Mutter

Itha quetscht sich in ihren senfgelben Schuhen zwischen Marktbuden und Ausschänken durch und berührt den schönsten pastellgelben Pullover ihres Lebens. Man sieht ihm an, dass er aus fernen Ländern kommt, so fein ist er gearbeitet und so ungewöhnlich ist die Farbe. Auf dem Markt hinter der Festung verkaufen orientalische Händler islamische Glaubensobjekte. Jedes Stück ist ihr vertraut. Itha fasst vieles an, hält es hoch, fragt nach dem Preis. Da entdeckt sie wundersame

Figuren, die sich biegen lassen, winzig wie zwei Fingerglieder. Nie zuvor hat sie ähnlich Bezauberndes gesehen. Sie kauft einen ganzen Sack davon.

Beim Packen passen die kleinen Figuren nicht in den Ranzen, egal wie sehr Itha versucht, sie hineinzuquetschen. Schließlich räumt sie alles noch einmal aus, und packt nur die kleinen Figuren ein.

In diesem Augenblick ist es so, als hätte Itha vergessen, weshalb sie von zuhause aufgebrochen war, so als wäre sie aus Zeit und Raum gefallen.

Auf einem Gebäude steht etwas Arabisches auf türkisen Kacheln. Eine Frau stellt unidentifizierbare Objekte aus und vermietet Schlafplätze an Reisende.

Itha setzt sich auf einen schmuddeligen Sack aus Stroh, beugt sich, um ihren Ranzen zu verstauen und einen Moment lang hat sie das Gefühl, sie würde sich über einen Säugling beugen, um ihn hochzunehmen und zu stillen. Mehr noch: Sie spürt ein Ziehen in den Brüsten und erinnert sich an Leopold.

Heilig

Kinder kommen aus Frauen und die Nahrung kommt aus dem Land. Das sind zwei Regeln. Matriarchate erzeugen ein Miteinander, Patriarchate produzieren Misstrauen, Abstraktion und Isolation. Wo wir leben, wird geplündert. Die Gier einiger weniger wird gestillt. Diese Wachstumsordnung folgt dem Tod. „Es ist deine Stadt! Grab sie um!" Ich schlage Leute in der U-Bahn nieder. Sie haben sich vor eine Frau mit Kinderwagen gedrängt.

Leopolds Mutter

Die Kreuzzügler werden überfallen und dahingemetzelt. Laut ist es, dunkel und voller Blut. Itha reitet und reitet. Sie benützt eine Haarbürste mit Deckel, die zugeklappt wie ein Faschingskrapfen aussieht und die sich, wenn man auf einen Punkt drückt, wie ein Igel ausklappt. Jetzt kommt sie mit der Bürste nicht mehr durch ihren Filz. Wildschweinspuren kreuzen nicht zum ersten Mal ihren Weg. Sie hört fernes Grunzen, da sieht sie schon das Vieh, das nach ihrem Fuß schnappt, und sie nimmt ihren langen Zopf, knallt damit wie mit einer Peitsche auf das Tier, das von ihr ablässt und flüchtet.

Heilig

Die Frauenprozession trägt Göttinnenbanner statt Fahnen durch die Straßen. Am Trottoir steht eine Indiofrau neben ihrem wuchtigen Mann: „Was ist das? Que es?", fragt sie eine der Umstehenden. Sogleich wird nach der Mexikanerin aus der Frauenstadt Juchitán gerufen. Mit einer Blüte im Haar und im Rüschrock bis zum Boden eilt diese herbei und erblickt ihre Verwandte. „De donde… Woher bist du? Willkommen!" Sie küsst die Indiofrau. Der Ehegatte steht schweigend daneben. Dann sagt sie „Schwester!" Lange stehen sie still.
Ich erinnere mich, dass ich aus einem Matriarchat kam.

Leopolds Mutter

Ein Mann quartiert Itha in seinem Wohnwagen ein und bindet ihr Pferd hinten am Wagen fest. In seiner Hand baumelt ein orientalisch bauchiger Vogelkäfig mit zwei Nachtigallen. „So langweilst du dich nicht", sagt er. „Und bleibst länger."
Dann setzt sich der Wagen tonlos in Bewegung und Itha nickt geschaukelt ein. Plötzlich hört das rhythmische Gewackel auf, Itha erwacht, öffnet einen Vorhang, dann die Tür. Der Mann ist verschwunden.
Sie vertritt sich im Schatten der Bäume und in den umliegenden Wiesen die Beine. Als sie wiederkommt, ist der Wagen verschwunden. Ihr Pferd ist an einen Pfosten neben dem Weg angebunden und obenauf sitzt ein Kind.

Es ist stockfinster. Es ist vereinbart, dass in der gelben Herberge neben der Straße jene Frau auf Itha wartet, die in einer Ecke des Schlosses von Gars gewohnt hat, die immer barfuß in alle Schuhe schlüpft und nach Holz duftet. Sie sammelt Steine, benennt jede alte Gemüsesorte und folgt Vogelskeletten. Und wirklich: Vor der Gastwirtschaft sitzt sie in der Wärme der Nacht vor einem kleinen Feuer.

Heilig

Frauen sind die Indigenen der Erde. Im Jahr 2000 wurde in Deutschland in 33 Sprachen von Frauen aus allen Kontinenten das „Jahrtausend der Frau" ausgerufen. Heuer ist das Jahr 14 J.d.F. (im Jahrtausend der Frau). Ich will nun eine Stimme haben. Ich werde mir nun eine Stimme nehmen. Ich werde aufstehen und alles laut sagen.

Leopolds Mutter

In einer Gruppe freundlich gesinnter Moslems, die sich weder für Christen noch für Frauen besonders interessieren, erreicht Itha als einzige Christin Byzanz. Der restliche Tross Überlebender ist schon vor einigen Wochen vollkommen erschöpft angekommen.

Man erzählt Itha, dass die Vogelskelettfrau, die ihr lange Zeit vorausgeritten ist, woanders untergebracht und seit der Ankunft unsichtbar ist. Itha freundet sich mit einer Christin und ihrem Begleiter an, der äußerlich dem Erzengel Michael in der Kirche von Vornbach ähnelt. Er liest Itha aus dem Koran vor, und alles, was sie hört, überzeugt sie mehr und mehr: Nichts von dem, was die Kreuzzügler ihr erzählt haben, stimmt. Niemanden wird sie konvertieren. Das steht fest. Sie schneidet Brot in dünne Schnitten. Absolute Stille. Dann ein Blasen wie von einem Elefanten. Itha schnäuzt sich so, und die Orientalen haben so etwas noch nie gehört. Die Luft summt. Ein zaghafter Wettbewerb, feine Geräusche folgen.

Heilen

Es gießt in Strömen unter mächtigen Bäumen im Stadtpark. Eine Frau ruft viele tausend Jahre alte Wörter in der Sprache ihres Volkes. Ein altes Johlen und Stampfen aus Weiten rennender Büffel.

Eine Frau rezitiert uralte Sätze, ein Gebet wird geleiert. Ein Topf mit Brüsten wird getragen, eine Kiste aus Holz. Auf dass sie geheilt werden, die Geschundenen zwischen den Meeren.

Es schüttet. Der Ort gehört den Nymphen und Wasserpriesterinnen. Die Worte hallen nach.

Ich erinnere mich an die Ausrottungsgeschichten. An diejenigen, als ich beinahe ausgerottet wurde und an diejenigen, als ich ausrottete: Ich konnte die Kinder auf K E I N E N F A L L bekommen. Ich warte darauf, dass mir jemand ein Kind auf die Türschwelle legt.

Leopolds Mutter

Wie viel Zeit vergangen ist, kann Itha nicht sagen. Sie weiß noch, wie man sie gefangen nahm und verschleppt hat. Das Meer hat Itha gesehen. Sein Brausen gehört. Die Stadt heißt Aleppo. Dem Stadthalter gefällt sie. Er lässt ihr Granatäpfel bringen und Öle. Kleider, Gold und einen eigenen Koran. Neben einer Frau mit langem, schwarzem Haar wird Itha ein Raum zugewiesen. Die neue Nachbarin entpuppt sich als Heilerin und Itha zieht mit ihr zusammen. Der frei gewordene Raum wird mit Ithas kleinen heiligen Figuren zu einer Kapellenmoschee umfunktioniert.

Eine Schranktür aus Glas ist von innen mit Papier verklebt. Räume werden gekalkt, Mosaike zwischen Orangenbäumen werden erneuert. Unrenoviert wäre in den Frauengemächern zu wenig Platz für Itha. So bleibt sie eingepfercht, bis alles für sie fertiggestellt sein wird. Der Stadthalter von Aleppo hat alles arrangiert.

Heilig

Die Kultivierung eines Gartens und die Kultivierung des Geistes sind wesensgleich. In westlichen Industrieländern verfaulen in den Gärten der Nachbarn Kirschen an Bäumen, und Zwetschken. In Walnussbaumalleen verrotten Nüsse. Die Türkin und die Frau aus der Ukraine machen sich in Shuttlebussen mit ihren Familien auf zur Ernte.

Europäische Städterinnen, die sich mit Tomaten nicht auskennen und nicht mit Bohnen und Zucchini, brauchen sich nur hinzustellen und dies laut kundzutun und ich schwöre: Sofort wird eine Türkin kommen oder eine Frau aus der Ukraine. Sie alle kennen sich nämlich mit dem Gärtnern aus.

Gärten sind politisch.

Eine andere Welt ist pflanzbar.

Taufen wir Söhne doch in Hinkunft mit zweitem Namen „Wiesengrund", so wie die Eltern von Theodor W. Adorno, und sehen wir, was passiert. Nomen est omen.

Leopolds Mutter

Itha ist aufgedunsen, ihre Glieder sind schwer. Sie ist wieder schwanger. Alles hat sie verlassen, um für die Wahrheit in den Krieg zu ziehen, und nun schläft sie im Haus des Gegners und wird gebären mit dem Feind, der schon lange keiner mehr ist, als dem Vater des Kindes.

Sie streift oft auf dem Markt der Fahrenden herum, sieht sich um. Stoffe werden in Säcken verkauft. Da schenkt ihr eine Christin eine Handvoll Kristalle. Beim Zahlen trägt sie einen Packen Kleider über dem Arm und Umstandskleidung über dem Körper. Die Händlerin lässt sie ohne zu zahlen gehen. Vor dem Marktausgang steht eine Frau, die ihr auf den Mantel am Rücken einen Engel näht, der Töne von sich gibt. Zuhause trennt sie den Engel ab und stellt ihn in ihren Hausaltar in der Kapellenmoschee.

Der Garten des alten Persers, des Geschichtenerzählers, quillt über vor Nachtkerzen. Am späteren Nachmittag, wenn Itha ihn besucht, erstrahlt alles hellgelb von geöffneten Blüten. Sie kommt Tag für Tag und studiert seinen Brunnen, damit sie Anweisungen für den Nachbau geben kann. Der Perser spielt auf der Setar, singt leise dazu und Itha schlürft starken Tee aus einem kleinen Glas.

Es gibt eine Stelle, wo Nachtkerzen wild wachsen und wo Itha sie ausgraben lassen wird. Sie wird sie in ihrem Garten umpflanzen lassen und ihnen zusehen, wie sie in der Abenddämmerung ihre Blätter entfalten.

Heilen

Ein zart gebauter Indio tritt auf die Bühne vor das Mikrophon. Er ist der Botschafter Boliviens. „Wir haben ein Ministerium für Entpatriarchalisierung gegründet", sagt er. „Die Hälfte unserer Regierung besteht aus Frauen. Wasser und Nahrung sind ein Lebensrecht." Dann setzt er sich wieder.

Und ich erhebe meine Stimme, denn es ist altmodisch geworden, über Frauen oder Mädchen zu sprechen. Niemand soll mehr den Unterschied betonen. Ich warte darauf, dass mir jemand einen Säugling schenkt.

Leopolds Mutter

Ithas Kind schläft in ihren Armen ein. Sie bindet es sich in einem Tuch auf den Rücken. Sie wischt Brösel und Sand von der Matratze. Sie wundert sich, dass es auf ihrem Bett so schmutzig ist. Dann legt sie das Kind hin und deckt es zu. Es hat schwarze Locken, durchscheinende Haut, grüne Augen und Wimpern wie Schmetterlinge. Sie hat einen orientalischen Prinzen geboren. So viele Kinder hat sie schon zum Träumen gebracht. Tote Kinder hat sie beklagt, ihre Töchter, ihre Söhne. Sie beugt sich über das Kind. „Zengi! الدين زنكي ", sagt sie leise. Und in diesem Moment sieht Itha sich selbst als Brücke zwischen zwei verfeindeten Welten. Dort hat sie geboren und da. Einen Mann hier und Männer dort. Sie überschreitet Grenzen, erweckt zum Leben. Sie zieht an ihr, die alte Welt. Da ist ihr, als würde ihre Seele reißen. Da lässt sie das Alte los. Für immer. „Zengi! الدين زنكى." Dann weint sie ein wenig.

Kinder
Der Leopoldsberg hieß bis zum Ende des siebzehnten Jahrhunderts „Kallenberg". Er war der Heiligen Muttergöttin Erde gewidmet. Ich werde mich so lange auf dem Berg herumtreiben, bis ich die Spuren finde. Und als Verehrung der Erde werde ich jetzt doch den Garten umgraben und Gemüse anpflanzen, auch wenn ich es von Grund auf lernen muss.
Wie Itha war auch ich mit einem orientalischen Kind schwanger. Hysterie überkam mich: Ich dachte, an der Schwangerschaft und dem Gebären zugrunde zu gehen. Ein weggelegtes Kind kann nie selbst ein Kind bekommen.
Meine Freundin riss meine Wohnungstür auf, lief weinend zum Tisch, legte zwei Hände voll Pfingstrosen auf den Tisch und lief davon. Sie war eben von der Schwangerschaft befreit worden. Hysterie vorm Zugrundegehen hatte auch sie überkommen. Ein weggelegtes Kind kann nie selbst ein Kind bekommen.
Beim Schwangersein sind sie und ich nicht wir. Wir werden Es. Und Es verliert die Kontrolle. Es ringt um etwas.
Ich möchte, dass mir jemand ein Kind schenkt.
Ich möchte, dass meiner Freundin jemand ein Kind hinlegt.

Leopolds Mutter
Itha möchte nicht, dass jemand in ihre abgeschlossenen Gemächer kommt, so ein afrikanisches Großmaul oder ein Milchgesicht.

„Schau", - Itha dreht sich zu der Heilerin mit dem langen schwarzen Haar um, „es gab eine Händlerin, die mit bedeutenden Büchern ihr Geschäft betrieb. Der Laden hieß ‚Aufwind', und alle nannten die Besitzerin nach ihrem Geschäft, Aufwind-Susi. Sie ist schon tot. Sie verkaufte mir dieses Buch und zwischen den Seiten habe ich etwas wiedergefunden, von dem ich dachte, ich hätte es verloren. Das Buch ist ein dicker Bildband über tausendneununddreißig bedeutende Frauen", sagt sie.

Ich gehöre nicht zur Mitte. Zum Zentrum.

Leopold

In meiner Hand ist eine Kinderhand, die ich kenne. Ich führe das Kind zu einer bestimmten Stelle und lasse die Hand los. Das Kind bleibt stehen. Ich gehe einen anderen Weg zurück und hole das nächste Kind, das genauso aussieht wie das erste. Dies wiederhole ich unzählige Male. Aus der Vogelperspektive ergeben unsere Spuren eine maurische Ornamentik.

In der Zirkusgasse in der Leopoldstadt steht ein Haus. Im dritten Stock fällt Schimmern und Glitzern durch geätztes Glas auf den Gang. Hier sind die Zirkuskinder mit jüdischen Wurzeln zuhause.

Fakten

Das Habsburgerreich zerfiel, und zweihunderttausend Menschen aus Leopolis, aus Lemberg kamen am Nordwestbahnhof in der Leopoldstadt an. Ein Flüchtlingsstrom aus Galizien. Wien war das Neue Jerusalem.

Frau

Die Hände der Zirkuskinder sind im Sauerrahm, im Topfen, in den Kartoffeln, im Teig, im Mehl. Die Zirkuskinder haben die Finger in den Eiern, im Salat, im Palatschinkenteig. Die Zirkuskinder verdrücken gewutzelte Erdäpfelstockerl mit Schnittlauchsauerrahm und Palatschinken mit Himbeermarmelade. Später liegen sie auf dem großen roten Sofa. Eines der Kinder gleicht einer Prinzessin aus dem Morgenland. Sie singt „Drum links, zwo, drei". Sie singt „Schneeflöckchen".

Vom Schlafzimmer her kommen einzelne langgezogene Töne. Zwei. Zwanzig. Fünfzig. Das kleine Zirkuskind brummt langgestreckte geigige Töne dazu, dann fahren seine Matchboxautos wie geschmiert.

Fakten

In der Leopoldstadt war die jüdische Bevölkerung religiöser, politischer und extremer als im ersten Bezirk. Sie waren aus polnischen und russischen Stettln mit Binkeln gefüllt mit Wissen über ihre reiche, ausgelöschte Kultur und Geschichte in die Leopoldstadt gekommen und wohnten zu fünfzehnt in Zimmer-Küche-Wohnungen. Sie waren Zuwanderer wie die Leute aus Russland, Azerbaijan oder Georgien neunzig Jahre später.

Frau

Eine Frau geht mir voraus. Wir gehen einen unsichtbaren Pfad durch die Leopoldstadt.
Eine junge afghanische Architekturstudentin, die ich von der Arbeit kenne, rennt mich beinahe über den Haufen. Sie erzählt, wie sie neben ihrer Mutter auf dem Sofa saß und so lange schräg zu ihr hinüberblickte, bis sich ein Loch auftat, das ihre Mutter einsaugte.

Fakten

Immer tausend auf einmal, sogar sehr alte Frauen, die das gar nicht glauben konnten, dass irgendjemand an ihnen Interesse haben könnte, wurden abtransportiert.

Frau

Die Frau, die mir vor geht, die Architekturstudentin und ich, wir sitzen in der koscheren Bäckerei Ohel in der Lilienbrunngasse achtzehn und essen Bagel mit Gervais, Vanillekipferl und Husarenkrapferl. Orthodoxe jüdische Frauen mit Perücken, Mädchen mit adrett geflochtenen Zöpfen, Männer und Jungen mit Käppchen auf dem Kopf kommen und gehen. Jede Kundschaft bekommt ein winziges Glas Limonenmarmelade von der kroatischen Insel Vis gratis zu ihrem Einkauf. Sie schmeckt frisch nach Paradies.

Fakten

Vor dem Krieg lag der Anteil der jüdischen Auskunfteien, Brotfabriken, Reklamebüros und des Alteisenhandels in Wien zwischen fünfzig und hundert Prozent.

Frau

Meine Freundin erinnert sich plötzlich, was ihr Vater ihr als Kind angetan hat. Sie lässt alles liegen und stehen und wandert ohne Krankenversicherung nach Istanbul aus. Dort spürt sie Knoten in der Brust und diagnostiziert Krebs. Die Barmherzigen Brüder in einer Seitengasse zur Zirkusgasse, die Leute ohne Papiere, wie sie, behandeln, öffnen die Ambulanz, und wir sitzen schon vor den Behandlungszimmern und warten. Bei „Name" auf dem Formular schreibt meine Freundin den Namen ihrer Großmutter hin. Sie wird untersucht und in ein anderes Institut überwiesen. Zwei Tage nach dem Leopolditag ist sie geheilt: Niemand hat etwas gefunden. Es ist eine Wunderheilung. Vielleicht. Ganz sicher.

Fakten

Wer durch die Leopoldstadt geht, geht durch eine Welt, die es nicht mehr gibt. Die im Trottoir eingelassenen Messingschilder mit den Namen der Opfer leuchten und wachsen aus einer Bodenvertiefung in den Gehsteigen. Unter Glas klirren Wohnungsschlüssel von Ermordeten. An den Haustoren und Eingängen stecken weiße Rosen mit Namensschildern für jede Deportierte, und an Luftballons hängen Briefe, die die Zirkuskinder an jeden Vergasten schrieben.

Frau

Wo die kleine Mohrengasse auf die Zirkusgasse stößt, stand bis zum Novemberpogrom der Türkische Tempel. Alles an ihm erinnert mich daran, wie sehr er mir fehlt. Ich höre alte sefardische Musik.

Fakten

Nie und nimmer hätte sich das alles in einer einzigen Nacht ohne ausgeklügelte Planung zerstören lassen. Aus den Trottoirs leuchten die Namen der angespuckten Kinder, aus den Häuserwänden die Grabsteine von jüdischen Friedhöfen, die als Ziegelsteine verwendet worden sind. In der Tempelgasse verwandeln sich die vier weißen, hohen Säulen in die Türme des großen Tempels von Wien. Ich folge den Platten aus Messing wie Lichtern auf Gräbern, wie Sternen auf der Milchstraße.

Frau

Im Traum bin ich mit dem Zirkuskind in einer fremden Stadt. Der Platz vor unserem Hotel, das Hotel und die Stadt tragen alle drei denselben Namen. Mit dem Zirkuskind an der Hand verirre ich mich. Ich kann nicht nach dem Weg fragen, denn ich kenne das Wort nicht und außerdem wird eine Sprache geredet, die ich nicht verstehe.
Ein Auto mit drei jungen Männern hält. Sie sind auf dem Weg zu einem Auftritt. Wohin ich mit dem Kind wolle, fragt einer. Ich quetsche das Kind und mich in den Wagen.
Sie halten vor einem Gastgarten. Alles ist für eine Aufführung vorbereitet: Eine Freiluftbühne ist beleuchtet, die Tische sind gedeckt, der Hof liegt im Schatten, Kerzen brennen. Langsam treffen Gäste ein. Alles wartet.
Da begreife ich: Die Musiker sind meine ungeborenen Söhne. Das Zirkuskind, ich und meine Söhne, wir alle haben verschiedene Glauben. Wir alle zusammen sind Kinder der Kunst.

Fakten

Vorwürfe des Brunnenvergiftens und der Hostienschändung trafen die jüdische Bevölkerung, dabei ging es ums Geld. Sich Geld ausleihen und nicht zurückzahlen wollen ist einfach: vertreiben oder ermorden, dann ist man auch die Schulden los. Der kaiserliche Hof praktizierte dies und viele andere. Und nach dem Krieg schaute man scheel, wenn eine Jüdin überlebt hatte und plötzlich wieder auftauchte.

Frau

Auf der Hinterseite eines Altars fliegen Engel mit einem goldenen Flugstuhl durch die Lüfte und sammeln Blut ein. Ich trage Schwere in meinen Gliedern. Ich schleppe sie von Tag zu Tag. Mein Körper verträgt nicht einmal die Erinnerung an Tyrannei.

Fakten

Viele warteten zu lange zu oder wanderten in Länder aus, von denen sie dachten, sie wären sicher. Sie konnten nicht ahnen, welche Ausmaße das Morden haben würde.

Wir

Léon und ich sehen zu, wie ein Autofahrer den Seitenspiegel eines parkenden Autos abfährt, und der Spiegel fliegt an den Gehsteigrand. Der Fahrer deutet „Pssst!", so in der Art: „Sagt es niemandem, dass ich es war. Is ja nicht so arg." Léon betrachtet Ereignisse symbolisch und kann Zeichen deuten und er deutet auch den abgefahrenen Spiegel. Nur vergisst er versehentlich, die Konsequenzen seiner Deutung auszuführen, nämlich die Stelle mit zwei Stühlen und einem Plastikband als Ladezone abzusperren oder mit neonfarbenem Spray die Stelle mit „Achtung" zu markieren.

Tags darauf zu Mittag fährt ein Lastwagenfahrer im Retourgang genau an dieser Stelle seinen Kollegen nieder, der im toten Winkel gerade ein Loch in den Asphalt fräst. Der Kollege liegt blutüberströmt da und rührt sich nicht. Später sagen die Leute, dass er Jude sei und: „Das hat er noch brauchen können, nachdem, was der schon durchgemacht hat mit der Familie."

Fakten

Die blühendste Gemeinde jüdischer Kultur in Europa Ende des neunzehnten Jahrhunderts war in Wien. Der Zuzug von Flüchtlingen nach dem ersten Weltkrieg war so enorm, dass die Verwaltungsbeamten überlegten, wie man alle abschieben konnte.

Frau

Ich finde in Kisten im Hof ein Porträtfoto von mir, auf dem durch mein linkes Auge ein Loch gebohrt ist. Ich weiß, wer das war. Ich nehme das Foto und andere Dinge dieser Person, die ich bisher mit Respekt behandelt und nicht angerührt habe und werfe sie beim Fenster hinaus auf einen Haufen, den ich anzünde, mein Osterfeuer. Ich bin gewappnet.

Fakten

AntisemitInnen wurden mehr und mehr. In die Arbeitslosigkeit Gezwungene begannen zu plündern, und Synagogen und Bethäuser wurden geschlossen.

Frau

Ich spiele in einem Theaterstück die Rolle einer kinderlosen Singlefrau aus einer jüdischen Familie. Ihre verheiratete Schwester mit Kindern denunziert sie bei den Nazis, denn sie als Mutter und Gattin wird mehr gebraucht als die Schwester.
In dieser Rolle werde ich verwundet und eineinhalb Jahre von der Gestapo gefangen gehalten.
Zwei Leben sind verschieden viel wert. In der Rolle der Singlefrau werde ich von meiner eigenen Schwester geopfert. Während ich spiele, befällt gelbe Schwere meinen Körper. Mir ist flau im Magen. Ich möchte mich übergeben.

Fakten

Nach dem Krieg standen vernichtet Geglaubte plötzlich lebendig vor denen, die sich in deren Wohnungen ausgebreitet hatten. Wien war zerschnitten. Ob je wieder etwas aus diesem Schutthaufen werden würde, war nicht sicher.

Frau

In meiner Familie gibt es auch zwei Schwestern. Bei uns ist auch klar, wer mehr wert ist und weshalb. Seit dem Theaterstück, in dem ich mitspielte, trete ich einen Schritt nach hinten. Auf der Hut bin ich.

Papiere und Wandern,
das geht auf keinen Fall zusammen.

Barfuß
Meine Freundin Kathrin, Arme, UreinwohnerInnen, Zigeuner, Luisa
Francia, Flüchtlinge, Sandler, Babys (die liegen).

Zwerge
Ich bin unterwegs. Ich liege im Bett. Ich drehe das Licht ab. Ich spüre,
wie in Schulterhöhe etwas auf das Bett springt, das sich anhört wie
mein Kater. Ich fahre mit der Hand über einen Kopf aus Locken. Ich
schalte das Licht ein: Das Wesen hat nachtblau gewelltes Haar und
rabenschwarze Haut mit feiner Behaarung. Es liegt eingerollt in einer
Grube, öffnet die Augen. Ich schimpfe streng und schicke es weg.

Wunderl
Ich glaube, ich kann etwas bewirken.

Merksatz
Ich erinnere mich an etwas, das ich nicht weiß.

Barfuß (Wir)
Léon ist von woanders und das sieht man. Ihm wird alles abgespro-
chen. Die gegenwärtige Sklaverei funktioniert durch Illegalisierung.
Die Kriminalität auch. Durch erhöhten Druck.

Zwerge
Eine Dame hat ihren Regenhut verloren. „Ich habe überall gesucht!",
sagt sie. Beim Kommen trug sie ihn noch. „Ich hol' ihn!", sage ich und
laufe zu dem Tisch zurück, an dem wir zuvor gesessen sind. Ich muss
mehrmals hinsehen, denn Tischfuß und Hut sind identisch. Ich bücke
mich und hebe ihn auf, drücke ihn ihr in die Hand. Etwas verlieren und
es gleich darauf wiederfinden und stolpern ohne Grund, das kenne ich

schon: das Land gehört den Leprechauns mit Bärten und grünem Wams.

Wir

Ein Zauberstab klopft auf eine Wolke und es erscheint: Léon. Den nehme ich. Vater und Vater Staat zerren und drohen. Weder vom einen, noch vom anderen lasse ich mir in puncto Männer etwas sagen.

Barfuß (Wir)

Léon will mit mir und ich mit ihm.

So ist es nicht: Ich habe Rechte. Man behandelt mich mit Achtung. Ich bin Staatsbürgerin dieses Landes. Österreich ist eine Demokratie. Für den Staat sind Léons fehlende Papiere kein Problem.

Miteinander zu wollen ist nur mit Papieren möglich! Darauf pocht das Land und schlägt mit der Faust auf den Tisch.

Zwerge

Ein in der Welt der Männer angesehener Alter beschimpft mich, denn ich will nichts von ihm lernen. Er winselt. Mit dem Rücken zu einem Baumstamm fletscht er die Zähne und knurrt. Er springt herum wie ein Zwerg, flucht und reißt sich in Stücke.

Wunderl

Der Kirschbaum voller Kirschen, die Betten voller Betten, die Semmel voller Semmel und die Ringe voller Ringe (Eheringe).

Barfuß (Wir)

Die Behörden stellen sich taub. Die Ämter kneifen die Augen zusammen, die Obrigkeiten halten sich die Gesetzesblätter vors Gesicht. Die Administrationen wenden die Köpfe ab, um Léon und mich nicht zu sehen. Um nicht sprechen zu müssen. Um keine Regung zu spüren.

Alles dreht sich um das Gesetz. Um d e n Akt. Es geht um Papier, um Paragrafen und Bescheide.

Zwerge

„Einmal waren wir auf Urlaub. In der Nacht haben wir das Fenster aufgemacht, weil es so heiß war. Da sind im Meer Zwerge ge-schwommen."
„Und aus!"
„Mir hat einmal ein Zwerg eine Leberkässemmel gestohlen!"
„Und aus!"
Sagt das Kind.

Barfuß

Ich bin Zeugin. Ich übersetze von Deutsch auf Französisch: „Hier ist kein Platz für Sie. Sie sind ein Fremder. Verlassen Sie das Land. Aufenthalt verboten. Arbeitswillig in Schubhaft. Die Restschuld sind viertausend Euro. Die Gattin soll die Marie überweisen oder wir schicken den Exekutor." Ich fürchte mich. Ich kann mich nirgendwo festhalten. Ich bitte und bettle und bitte, bitte.

Zwerge

„Ich war noch kleiner. Da waren wir einmal in einer Berghütte. Davor war eine Tanne, und manchmal stellten wir uns unter sie und riefen: ‚Zwergerl, Zwergerl, gib mir bitte ein Zuckerl!' Und dann flogen immer für sechs Kinder Zuckerl herunter, aber der Baum war so dicht, dass ich nicht sehen konnte, von woher sie kamen. Wenn Eltern dabei waren, kam nichts."
„Und aus!"
Sagt das Kind.

Barfuß

In den Siebzigerjahren platzt das Flüchtlingslager Traiskirchen aus allen Nähten. Mein Vater springt ein, stellt Unterkünfte gegen Geld zur Verfügung und kauft vom Gesparten einen Wald. Jetzt hat er mir den Wald, an dessen Rand ein Holzhaus steht, geschenkt. Ein stilles, vor dem sich Wälder, Felder und ein Bach ausbreiten. Es liegt im Leopoldsgraben. Ich nenne es Luftkurort.

Barfuß (Wir)

Als dem Staat eine Lösung einfällt, ist Léon zwölf Jahre im Land und wir sind schon vier Jahre verheiratet. Der Staat schreibt: „Das Problem verschwindet, wenn jener, der das Problem verursacht, verschwindet. Und nachdem jener mit einer Österreicherin verheiratet ist, kommen wir zu folgender Einsicht: Österreich hat der Ehegattin nie versprochen, auf unserem Staatsgebiet leben zu dürfen, wenn sie mit so einem verheiratet sein will."

Zwerge

Es ist Samstagabend. Eine Fünfzehnjährige muss auf mich aufpassen. Niemand sonst hat für mich Zeit. Zuhause stehe ich im Weg. Sie öffnet eine große Schublade. Ich darf all ihre Papierservietten anfassen und auf einen Stapel legen. Jede ist bunt und einzigartig. Später unter einer klammen Tuchent kuschle ich an ihr und sie blättert riesige Seiten für mich um. Im Buch blüht Klee. Ein Zwerg tritt vor sein Haus aus Pilz.

Barfuß

Die Landschaft ist flach. Auf einem Weg, am Rand einer großen Wiese mit ringsherum Feldern und Wald, laufen in einiger Entfernung zwei Hunde. Einer ist groß und dunkel, der andere ist klein und weiß. Der Kleine rennt dem Großen nach. Der Große fährt auf Rollen. Am Ende der Wiese sitzen zwei Schuster auf einem Holzbock mit Schusterwerkzeug. Einer der Männer untersucht den großen dunklen Hund und nimmt seine Pfote in die Hand: Die Rolle an seinem Fuß ist aus seinem eigenen Fleisch mit Fell darüber.

Wunderl

An meinem Geburtstag falle ich nicht mehr in ein Trauerloch so wie früher. Ich weiß, was ich mag. Mein Geburtstagsglück hat eine Choreografie wie der Schwänzeltanz einer Biene. Ich tanze vor, und eine tanzt hinter mir her. Sie lernt den Tanz des „Nie wieder an Geburtstagen ins Loch Fallens": Er besteht aus Essen beim Türken, Kindischem aus dem Ramschladen, mit Weidenruten an der Donau abgeklopft werden, räuchern und zum Schluss Obladentorte mit Schokobuttercreme und Tee. Variation: mit einem Blumenkranz im Haar zur Lourdesgrotte hinter dem Leopoldgraben fahren und mich mit Weihwasser bespritzen lassen.

Zwerge

Die Zehnjährigen riechen in der ersten Schulstunde noch nach ihren Betten, nach Traum. Mancher Haarschopf ist unfrisiert, aus Mündern riecht noch Schlaf. Sie formen Zähne und Zungen wie englische Kinder. Eine Übung handelt von „garden dwarfs". Sie haben schon oft leibhaftige „dwarfs" gesehen. Ein Mädchen erzählt Schlingensief. Sie war mit ihrer Oma in der Oper im Arsenal. Dort sei ein richtiger Zwerg gewesen: schwarzhäutig, erwachsen, aber winzig klein.

Beschuht

Im Leopoldsgraben wartet auf mich zwischen Kiefern und Akazien das Glück. Man händigt mir die Schlüssel aus, ich öffne die Tür, pisse in ein Gurkenglas und stelle es in die Mitte des Vorzimmers. Nun soll sich wer trauen, Scheiße zu bauen!

Zwerge

„Wie riechst du denn? Riechst du nach Parfüm? Hast du schon ein Gebiss, weil die Zähne so schön sind?"
„Und aus!"
Sagt das Kind.

Barfuß

Am 15. April 1989 meldet die Kronenzeitung, dass ein Wirtssohn die Post um 190.000 Schilling geschädigt hätte: Er zapfte eine Telefonleitung an und ließ die im Gasthaus untergebrachten Flüchtlinge gratis in ihre Herkunftsländer telefonieren. Es handelte sich um meinen Bruder. Seine Lebensaufgabe ist Retten. Er macht das schon ewig. Er schenkt Obdachlosen Speis und Trank und beherbergt sie.

Merksatz

Ich bin eine blinde Kuh ohne Schuh. Ich bin gemein wie eine Kröte, wie ein Stein.

Wunderl

Ich bin nackt und sehe mich von hinten: Längs meines Körpers von den Schultern bis zu den Knöcheln laufen gestrichelte, gepunktete Linien in Rot, Grün, Blau und Schwarz, immer zwei Linien nebeneinander, so wie aus einem Burda Schnitteheft. Unter meiner Haut liegen zart die Muster. Nur auf den Pobacken kringeln sich die Striche zu Schlangenornamenten und Spiralen. Wofür nur bin ich der Schnitt? Was kommt raus, wenn man die Linien nachfährt?

Zwerge

Neunundzwanzig Zehnjährige sitzen vor mir in einer Klasse. Bei einem Mädchen scheint die Kopfhaut durch den Flaum, ihre Federn am Kopf, nach einer Chemotherapie. Ich stachle sie wortlos dazu an, den

Krieg, den ihr Körper im Inneren gegen sich selbst führt, nach außen zu verlegen. Und das tut sie.

„Wozu so eine Deppenveranstaltung?", ist ihre Standardreaktion.

Wunderl

Wer eine Tür hat, hat ein Zuhause mit Dach, mit Wänden, mit Fenstern, so wie ich. Ich habe so viele, dass ich sogar eines aushänge und an die Wand lehne. Im Luftkurort wird renoviert. Ein Arbeiter dreht die WC-Wand wie eine Drehtür. „So. Jetzt ist das Klo ein Teil vom Bad! Nur noch die Mauer gehört verputzt", sagt er. Dann zeigt er mir eine Platte aus Silikon mit Einbuchtungen, in die man alles hineinstecken kann, was ein Haushalt braucht. Sogar Besen und Klobesen klicken ein.

Am Rückweg klopfe ich an eine Tür aus verwittertem Holz, grau und roh. Sie öffnet sich, und ich stehe in Banfora, der größten Erzeugungsstätte pflanzlicher Arzneistoffe Burkina Fasos, als könnte ich heilen.

Barfuß

Ich renne übers Stoppelfeld - ach weh. Ich steige in Hühnerdreck - oh kotz! Oben schleckt die Zunge Erdbeereis, kracht das Stanitzel. Ohne Schuhe trete ich mit einem Fersensporn auf Kiesel. Es klackert der Schmerz.

Wunderl

Ich zieh' dem Land eine Decke über aus Nacht. Ich lass' mich durch dunkle Luft tragen, fliege wie eine glitzernde Flocke, leuchte auf da und dort, verglühe, da streicht mich der Wunsch eines Menschen.

Barfuß

In der Nacht: zaghaft blind durch heißen Sand. Mit Schuhen in einer Hand herumfuchteln und ohne zu sehen Schlangen, Skorpione und Krabben erschlagen. Am Morgen Augen in der Sonne aufgerissen find' ich keine Leichen.

Zwerge

Leprechauns verstecken meine Sachen. Sie finden es wahnsinnig witzig, wenn ich danach suche. Mein Tagebuch bleibt in einem Dubliner Café liegen. Tags darauf frage ich danach. Der Kellner kramt in einer Lade mit Fundstücken. Er ruft die Putzfrau an. Er geht in den Keller. Ich rühre mich nicht weg, bis er wieder auftaucht. Er öffnet alle anderen Laden, sucht in den Regalen unter der Theke. Vergeblich. Dann öffnet er noch einmal die Fundstückelade. Da ist das Buch.

Barfuß

Wer ohne Schuhe geht, ist arm. Wer ohne Schuhe geht, ist Kind, ist „en vacances": So eine ist primitiv und passt nicht in Stiletto, Wunderl, Prada, Tango. Jetzt bin ich schon so alt und immer noch nicht Dame.

Wir

Léon sagt: „Wunderwirken ist ein Beruf. Du kannst Metzgerin werden, oder eine, die sich in einen Vogel verwandeln kann. Du kannst Maskenschnitzerin oder Juwelierin werden. Du kannst Jägerin sein. Tischlerin. Wind."

Zwerge

Im Leopoldgraben steht ein großes Aufgebot an Polizei, was ich erst sehe, als ich schon die ersten Ziffern einer Telefonnummer gedrückt habe. Ich lasse das Handy sofort unter meinen Sitz gleiten. Ein Stück weiter werde ich an den Straßenrand gewinkt. Eine Gruppe

Volksschulkinder durchsucht jeden Winkel meines Wagens und findet natürlich das Handy. Ich muss zu einem Schalter. Man reicht mir ein dickes Dossier zum Ausfüllen. „Die Polizei findet immer einen Fehler, auch wenn Sie denken, alles sei richtig ausgefüllt. Sie werden schon sehen." Sagt die Beamtin. Die Polizei hält sich die Kinder wie Soldaten.

Barfuß

Ich habe eine kleine Pyramide mit hölzernen Kanten, bespannt mit hellrosa Tüll und langer Schärpe. Am Ende, wo der Schleier am Boden schleift, sitzt manchmal eine Fee. Unter der kleinen Pyramide liegt das, was ich alleine nicht lösen kann und was ich mir wünsche.

Ich lege den dicken Akt voll abgewiesener Anträge auf Niederlassung auf den Boden, setze dem Stapel die kleine Pyramide mit dem Schleier aus Tüll wie einen Hut auf und besinge ihn von Oktober bis Dezember.

Merksatz
Papiere besingen!

Zwerge

In Österreich dürfen nur Kinder und KünstlerInnen ernsthaft über kleine Wesen sprechen. Alle anderen dürfen es nicht. Sie werden sofort zur Rede gestellt. Auf der Stelle werden Verwertbarkeit und Nutzen überprüft: „Und was kann das, so ein Musical? So ein Eisbecher? So ein Afrofestival? So ein Gnom?"

Barfuß

Mir gefällt von Österreich das, was ich nicht „Österreich" nenne. Die Independence Partys der Afrikaner in Wien. Wenn Moša Šišic seine Geige zwischen die Knie klemmt und mit den Zähnen wild spielt. Baklava mit Rosenorangensirup im Restaurant Pars. Bauchtanz.

Wir

Léon und ich, wir können meinen Bruder retten. Vorm Suff und Irr-
sinn.

Barfuß

Ich rief das jüngere Zirkuskind „Putzi". Es dachte, ich riefe immer
meinen eigenen Namen, also nannte es mich seinerseits „Putzi". Putzis
Großmutter wurde vertrieben. Sie war Jüdin.

Merksatz

Berühmt werden als Beruf!

Barfuß

Putzis Mutter wohnt in der Zirkusgasse. Zirkus hat immer mit denen zu
tun, die herumziehen. Vertriebene, Sandler und Nicht-Sesshafte. Und
Putzis Vater hat gerade die Ausweisung erhalten. Er ist Afrikaner. Wir
sind bei einem Fest in einem Lokal. Putzi sitzt vor einem Teller voll
kleingeschnittener Kuchenstücke, die Gabel in der Hand. Eine Frau
beugt sich über den Tisch. „Darf ich?", fragt sie das Kind und zeigt auf
den Kuchen. Das Kind nickt und reißt den Mund auf. Ja. Die Frau darf.
Ihn füttern. Putzi verhält sich wie ein Sesshafter.

Wir

Unter der Haut des rechten Knies drückt sich ein kleines Gesicht
durch. Etwas geplättet, so als würde es gegen eine Fensterscheibe
gepresst. Ich kratze ein wenig und entnehme meinem Knie ein Baby.
Es ist von Léon und hat ungewöhnlich dunkelbraune Haut. Das Baby
ist vollkommen zufrieden. Ich lege es an die Brust.

Barfuß

Am Grabmahl von Gandhi in Neu Delhi will ich auch so einen Ahnen haben wie die Inder. Einen Gandhi, der seinen Weg am Rand begann und am Ende seines Lebens die Mitte erreichte. Ich will mich auch auf so einen berufen können. Wurzeln wären mir gewachsen. Ich hätte mich verlassen können. Wie anders stünde ich da. Ich blicke immer in die Mitte und frage mich, wer wohl dorthin kommt und wer am Rand bleibt.

Ich schaue auf Europa und die Alpen. Ich möchte auch einen Gandhi. Einen eigenen. Leider sind die österreichischen Gandhis vom Rand, wie ich selbst.

In Österreich haben wir eine Herkunft, auf die wir uns nicht verlassen können. Nur die Nachkommen der Widerständigen, der Kommunisten und Geopferten haben Wurzeln. Alle anderen müssen ein paar Schritte vom Stammbaum wurzellos zur Seite treten.

Wir

Léon erzählt: „Einmal in der Nacht war ich unterwegs zum Haus meines Großvaters. Da sah ich Kleinwüchsige in allen Hautfarben auf einem Platz unter Mangobäumen. Sie trugen weiße Käppchen und beteten."

Merksatz

Ich gehöre dazu!

Wir

Ich bin ein kleiner Zierpolster in Silber aus indischer Seide mit Pailletten. Arme halten mich. Sie gehören zu einem sonnengelben Herzkissen aus Plüsch. Dieses Herz ist Österreich. Léon hat ein Zebramuster und auf ihm liegen, weiß und klein, seine Papiere.

Zwerge

Im Leopoldsgraben kommt mir ein Mann mit nur einem Arm entgegen. Ich kenne ihn von früher und spreche ihn an. Wir unterhalten uns in einem Lokal. Er ist ein „Rückkehrer" mit Frau und rosafarben gekleidetem Kind und war lange weg. Ich frage nicht, wo er war. Das Kind geht auf die Toilette und kommt nicht zurück. Ich folge ihm. Alle Kleider des Kindes liegen auf dem Boden: ein rosafarbener Regenmantel, ein rosarotes Kleid, Schuhe, Strumpfhose, so als wäre es geradewegs in den Himmel aufgefahren.

Barfuß

Eine US-amerikanische Professorin referiert über Oral History. Sie spricht von ihrer Urgroßmutter (Universitätsrektorin), von ihrer Großmutter (Vorsitzende einer bedeutenden Vereinigung von intellektuellen Frauen), und sie erwähnt ihre Mutter (bedeutende Biologin). Ich bin neidisch auf den Ausgangsvorteil dieser Frau. In mir steigt eine Kugel gefüllt mit Traurigkeit hoch bis zum Hals. Ich starre auf Menschen, die im Leben in der Mitte stehen. Es zuwege gebracht haben, ins Zentrum zu rutschen.

Wir

Léon erzählt: „Kinkirsi tragen rote Spitzkappen und lieben Raufereien. Als ich klein war, haben mich am Feld die Kinkirsi erwischt und mir die Juckkrankheit angehängt. Ich habe wie verrückt gekratzt. Ich kam ohne Kleider zurück. Man hat Holzasche mit Wasser vermischt und mich damit eingerieben. Das hat die Krankheit vertrieben."

Wunderl

Ich sitze auf dem Hochstand am Ende des Leopoldgrabens und beobachte die Glocken auf ihrem Flug nach Rom. Unter mir plätschert ein Brunnen. Sonnenstrahlen brechen die Tropfen. Jetzt winkt ein Wassergeist.

Barfuß

Die Feier ist schon im Gange. Die Tische sind besetzt. In der Mitte vorne sitzen die VIPs, links an der Wand das Gesinde, im Saal verteilt: die Angestellten. Ich setze mich zum Personal. Einer ist aus Bosnien, eine aus Serbien. Ich hab' sie gern.

Ich bin zwanzig und wiegle die Angestellten meines Vaters auf. Ich bin dreißig und berate sie in Arbeitsrecht. Ich bin älter und immer blicke ich aus der Distanz zu den VIPs.

Merksatz

Ich bin die vom Rand. Von links außen.

Wunderl

Der Luftkurort im Leopoldsgraben liegt neben dem Offenen Atelier Gugging. Und damit der Luftkurort und das Atelier Geschwister werden, kaufe ich das Geweih eines Zehnenders und bemale es so wie eines im Gugginger Museum: Weiß grundiert mit grünen Tupfen und Streifen in Gelb, Rot und Blau.

Noch nie zuvor sah ich eine Frau mit einem Hirschgeweih herumhantieren. In meinem Leben bin ich die Erste. Ich spüre die Übertretung. Ich fühle die Macht. Ich weiß jetzt um das Geheimnis.

Beschuht

Im Luftkurort ist Tun eine allumfassende Beschäftigung mit dem Wortschatz der Materie: Kanten und Stangen, Baumax, schleifen, bohren, hämmern, Sack, Fliesen abklopfen, Abtransport, Recyclingplatz, Bohrmaschine, Terrassenabfluss, Patzer, Bauhaus, Flex, grundieren, Glas abholen, hinauftragen. Materie tröpfelt. Textilband, montieren, Silikon, Steckdosen, Kartusche, Klopapierhalterung, Spachtel, Feinstein, Türglas einsetzen, Bettgestell holen, Fliesenstaub, Acrylweiß, Tür kürzen, Schnallen anschrauben, Schrank montieren, Bett aufstellen. Liefern und Kästchen tragen, einlassen, Stahlwolle, stapeln, Kratzer und Schramme, Gummispachtel, Sesselleisten, Silikonspritze, Zählerkastenabdeckung.

Wunderl

Das kranke Mädchen führt Krieg gegen das, was sie nervt. Die Kinder machen ihr alles nach. Sofa zerlegen. Klassenbuch aus dem Fenster schmeißen, Stuhl ansägen. Tür eintreten. Wand eindellen. Ich produziere Tyrannen. Beim Schreien überschlägt sich meine Stimme und klingt wie ein Pferd, das durchgeht. Die Stimme rutscht so tief nach unten, als hätte ich einen Stimmbruch gehabt, und sie bleibt dort.

Barfuß

Ich brülle und gröle zuweilen wie ein Löwe. Wenn ich klug scheinen will, spreche ich, seit mir die Stimme durchgegangen ist, automatisch tief. Österreich kann mich nicht leiden, wenn ich so tief brumme.
Also klettere ich mit meiner Stimme hoch und höher und summe wie die Königin der Nacht. Wenn ich so trällere, liebt mich mein Land. Wenn ich hoch spreche. Wir kriegen die Papiere nur, wenn ich auf der Notenskala so weit oben wie möglich töne. Wenn meine Stimme piepst, hat mich Österreich so lieb.

Wunderl

Ich höre zu rauchen auf.

Wir

Léon erzählt: Als mein Onkel jung war, besaß er ein großes Haus und eine Rinderherde und das kam so: Er ist in Kangusi einem Zwerg

72

begegnet, der versprach, ihn reich zu machen. Und das hat er gehalten. Mein Onkel hat den Zwerg im Wald besucht, wenn er in der Gegend war, und ihn jedes Mal zu sich eingeladen. „Unsere Freundschaft ist eine Waldfreundschaft", sagte der Zwerg und lehnte ab. Es vergingen viele Jahre. Eines Tages hat mein Onkel ein großes Fest gefeiert und alle seine Freunde eingeladen. Diesmal kam auch der Zwerg. Er bekam ein eigenes Zimmer und Schüsseln voll Soßen und Fleisch. Die Geladenen sahen, dass der beste Freund meines Onkels ein Zwerg war. „Der wird dir alles wegnehmen und dich umbringen!" sagten sie und wiegelten meinen Onkel so lange auf, bis dieser es mit der Angst zu tun bekam und die Machete nahm, um dem Zwerg den Kopf abzuschlagen. Er hatte schon ausgeholt, da drehte sich der Zwerg plötzlich um: „Ich hab' es dir doch gesagt: Unsere Freundschaft ist eine Freundschaft, die im Wald bleibt!" schrie er, nahm meinem Onkel alles weg und verschwand.

Zwerge
Der Besitzer der Kette Billa hat einen Saal auf der Freyung, in dem ein Gemälde von Leopold eine Wand des Festsaales ziert. Er besitzt so viele Gebäude wie wir als Kinder beim DKT spielend kauften.

Barfuß
Ich bin noch nicht zwanzig und lebe in Frankreich, wo die Bewohner jede Kurve als Erbe der Menschheit und jede Buchtel als kulinarisches Wunder betrachten. Jedes Kölnischwasser ist ein olfaktorisches Abenteuer und jeder Fetzen Haute Couture. Die haben eben nicht den Zerfall einer großen Nation hinter sich wie Österreich. Ich gehörte weder zu Frankreich, noch gehöre ich zu Österreich. Ich bin in between und am Rand.

Zwerge

Das Menü im Schloss Belvedere: Apfel-Sellerie-Suppe mit Speck-würfel, Pesto Toast mit gepressten Tomaten, Garnele auf Rahmka-rottensalat mit Trockenmarille, Spinat Tarte, Ricotta Creme mit Thymianäpfeln, Makrele und Limonentiramisu. Der Kellner serviert die Suppe. Alle folgenden Speisen sind suppenlöffelgroß und befinden sich, alle zusammen, auf einem einzigen Teller.

Wunderl

In der Ferne erhebt sich der Kilimandscharo. Ich bin alleine und mache es mir im Freien gemütlich. Das Gras ist widerborstig. Ich rücke eine Liege an die Einfriedung. Ich packe die Farbstifte aus und male, was ich sehe. Vor mir auf das Gatter hat sich eine kleine Schlange ge-schwungen. Später, als das fertige Bild herumgereicht wird, Entsetzen: Es handelt sich um eine Mamba, grell, keck, anziehend und unglaub-lich giftgrün. Mein Name heißt „Schlangenbeschwörerin".

Barfuß

In Afrika musst du etwas brauchen. Dich verschulden. Am Ende sein. Anrobben auf allen vieren. Dann können andere sehen, dass du be-dürftig bist. Du machst sie groß dadurch und mächtig. Sie geben dir dann und so pulsiert das Brauchen herum wie Blut in Adern. „Hilf mir! Leih mir was!" Hast du was, so teile es aus mit beiden Händen, gerat in Not. Das ist das Ziel. Dann wirst du eingebunden. Ins Gemeinsam.

Zwerge

Die kleinen Leute sind alt wie die Haut und genauso verschrumpelt. Als sich die Meere zurückzogen und Land entstand, blieb zwischen grünen Hügeln ein tiefer See. In einer Blase, ähnlich einer Seifenblase, stieg das erste Junge an die Wasseroberfläche, wurde ans Ufer gespült und zerplatzte. Von dieser Stelle aus verteilten sich die kleinen Leute über die Welt und ließen sich in Pilzen und Baumlöchern nieder.

Wunderl

Himbeerfarben und Löwenzahngelb. Die Pfingstrosen: wo sie gedeihen und wo nicht. Die Rosen: wo sie gedeihen und wo nicht.

Barfuß

„Kaufen Sie doch Papiere, und dann soll der Gatte wieder einreisen. Wenn die unbedingt Papiere wollen und es nicht anders geht. Bi - thää (Pause), wir sprechen doch von einem afrikaaanisch'n Staaad", sagt der Beamte und schwitzt im Schanigarten eines Cafés. Er raucht, hebt den Humpen Bier, rülpst und wischt sich mit einem fleckigen Stofftaschentuch den Schweiß ab.

Zwerge

Das Baumlochvolk rutscht zwischen Wurzeln tief ins Erdinnere. Am untersten Ende der Wurzel macht es „Plopp!", und durch ein Loch fallen die Gnome in eine andere Welt. Beinahe schwerelos schwebt das Pilzvolk Äste hoch. Der Wind trägt sie in laute Himmelswelten. Sie sehen vorher, was kommen wird und wenden Unglück ab.

Barfuß

Das Herz des Nordens pumpt Eigenständigkeit, pumpt Souveränität, Unabhängigkeit, pumpt Individuum, Autonomie. Das Herz versagt dann.

Wunderl

Heiß getanzt und hemmungslos umringen Menschen einen Fahrenden, einen dunklen, entschlossenen Mann auf dem Platz vor dem Luftkurort. Er packt drei Leute mit einer Hand und schleudert sie auf einmal in hohem Bogen gekonnt über die Zusehenden, und schon stehen die nächsten drei in der Mitte zum Geworfenwerden.

Barfuß

In allen Angelegenheiten, Papiere betreffend, habe ich mit Männern zu tun. Sie teilen sich in die pro Zugangsbeschränkungen und die contra. Die einen sind unsichtbar. Die anderen unterschreiben, bauen Mauern, schreien, stempeln.

Zwerge

„Im Garten ist einmal ein kleines, grünes Wesen neben mir gestanden. ‚Komm ins Haus!', sagte es und ich folgte ihm. Die Küche war voller Winzlinge, die etwas riefen, was ich nicht verstand. Da ist meine Oma hereingekommen. Plötzlich waren alle weg."
„Und aus!"
Sagt das Kind.

Barfuß

„Das gibt's nicht, dass einer nicht weiß, wo Süden ist und wo Osten. Das gibt's nicht, dass einer nicht lesen kann. Das gibt's nicht, dass einer niemals in einer Schule war."
„Und aus!"
Sagt der Staat.

Zwerge

Es wuchs einmal ein Kastanienbaum neben einer Straße, bevor das Dorf ausstarb und niemand mehr die Straße befuhr. Gras überwucherte alles, und plötzlich stehe ich in dieser Wiese und sehe den Kastanienbaum von früher. Beim Nähergehen quietscht hinter einer Absperrung ein Wildschweinbaby. Es befreit sich, rennt auf mich zu und zwickt mich in die Wade.

Barfuß (Wir)

Vor drei Jahren hat uns der Staat von einem Polizisten überprüfen lassen, der notierte: „Schlafzimmer: Doppelbett plus persönliche Gegenstände des Mannes. Schmutzwäsche: Männerkleider. Badezimmer: zwei Zahnbürsten. Fazit: keine Scheinehe." Während der Wohnungsbegehung sprachen Léon und ich Französisch. Der Polizist vermerkte: „Keine Deutschkenntnisse."

Beschuht

Ich sperre die Tür auf und stehe in gleißendem Sonnenlicht, in Gold. Weiße Weite. Vanillecreme, Pudding, Eischnee, Milchschaum, Butter, Schlagobers. Der Luftkurort wird durch Leichtigkeit und Luft zusammengehalten, flockig und locker. Der Luftkurort hat einen Schlitz ins Grüne: Moos, Birken, Tannen, Löwenzahn.

Wunderl

Die Gänseblümchen haben ihre Köpfe geschlossen. In der ersten Morgendämmerung, es muss noch fast Nacht sein, setzt Urwaldgeschrei ein. Es ist urwaldlaut. Ein Rausch von Vogelerwachen, bevor die ersten Autos fahren. Ein Bett aus Summen und Grillenzirpen, ein Teppich aus Pfeifen, eine Wolke aus Tönen. Es muss nicht praktisch sein, nur zwitschern muss es.

Die Dämmerung ist vorüber und es wird hell. Die Sonne geht auf. Ein Hahn ein paar Häuser weiter kräht. Wasser plätschert. Die Gelsen sind unerträglich. Meine Zehen sind heiß vom vielen Gestochenwerden. Eine Gelse wollte mich sogar ins Auge stechen. Leider: Brille. Ein sich Aufbäumen. Eine Jasminwolke. Jetzt gehe ich wieder zu Bett.

Wir

Am Wasser sitzen. Nur ich bin wach, eine Maus, ein Vogel. Die Sonne wärmt den letzten Tag im Sommer. Der Fluss hat heute Augen in

Türkis und Grün mit Linien in hellem Wasserblau. Über allem liegt Dunst, ein feines Rauschen. Gestern kam ein weiteres Schreiben: Léon ausweisen, ablehnen, fortjagen, hinauswerfen. Ich lege mich in die Augen des Gewässers. Seine Wimpern streicheln Wundes und vom Ufer aus halten kleine Leute mich an meinen Wurzeln fest.

Zwerge

Am Gründonnerstag kaufe ich Biskuitosterhasen, Schokolade, Eier-farben und Eier, Steaks, Huhn und Säfte. Ich kaufe grüne Kräuter, Gemüse und Spinat.

„Das ist wieder der katholische Scheiß!", sagt das Kind. An der Kasse kaufe ich keinen Schlecker, obwohl das Kind, das bei mir zu Besuch ist, unbedingt einen will. „Du bist gierig! Und geizig!", sagt das Kind. Ich koche. „Bei dir ist es langweilig! Du hast doch nicht einmal Freunde! Was tust du immer? Du hast nicht einmal Hobbys! Die Wohnung ist so klein! Wenn du einmal stirbst, will ich, dass du nie-manden hast. Dann erbe ich alles. Jetzt darf ich endlich schon heim!"
„Und aus!" Sagt das Kind.
Das Kind plappert nach, was es hört.
Zum Großvater sagt das Kind: „Wann stirbst du?"
Zur Großmutter sagt das Kind: „Was erbe ich?"

Barfuß

Der Staat schreibt nicht: „Überprüft vom örtlichen Polizisten, der noch nie im außereuropäischen Ausland war."
Der Staat schreibt: „Sofortige Ausweisung. Unverzüglich das Land verlassen! Grund: Der kann nicht einmal Deutsch."

Zwerge

Wie Leuchttürme ragt die Anwesenheit der kleinen Leute hoch in die Luft und blinkt. Sie warnen, und das Wasser wirft die Blinkzeichen zurück. Sehr selten fürchte ich mich vor einzelnen unter ihnen. Und wenn es blinkt, bin ich gewappnet.

Barfuß
An der Donau in Wiennähe sind unzählige Stelzenhaussiedlungen. Es sieht aus wie ein Wanderzirkus. Die ärgsten Behausungen sind zusammengenagelte, windschiefe Hütten mit Emailleschildern aus den Fünfzigerjahren mit Vim-Werbung und Stollwerk, mit Libella und Smart Zigaretten. Die Leute sind auf Wanderschaft.

Wunderl
Die Pyramide ist an der Wand fixiert und ihre Spitze ragt in den Raum. Sie ist ein filigranes Konstrukt und hat wundersame Kräfte. Einmal hat sie meinen Bauch von einer Allergie geheilt. Jetzt heilt sie Akten.

Zwerge
„Ich war in Spanien schwimmen. Wir hatten zwei Wurstsemmeln mit. Als ich an den Strand zurückkam, fehlte eine Semmel."
„Und aus!"
Sagt das Kind.

Wunderl
Meine Pädagogik führt zu erfreulichen Ergebnissen. Nur in der Kriegsklasse spricht immer, wenn ich spreche, auch ein Kind laut vor sich hin. Ein Jahr und noch eines. Und noch ein drittes. Ich bitte, flehe, drohe, bete und schreie. Dann rufe ich den Klassengeist. Da wird das Kind abgemeldet.

Wir

Ich bin mit Léon in der Alten Schmiede. Beide haben wir lange schon nicht mehr so breite, abgetretene Holzdielen gesehen. Es riecht nach Eisen, Schmiere und Feuer.

„Die Menschen pflanzen und ernten mit dem Werkzeug des Schmiedes ihre Nahrung. Er sichert ihr Überleben, weil er ihnen ermöglicht, Nahrung zu ernten. Und wenn der Schmied ins Haus kommt und sagt, du sollst egal wem verzeihen, mit dem du im Streit bist, so musst du dies auch tun", sagt Léon. „Er kommt überallhin, wo sich die Leute nicht mehr anschauen können."

Zwerge

Ich stehe inmitten von Dahlien. Ich bin so hoch wie die Stängel der Blumen um mich. Ein Meer von bunten Sternenköpfen und irgendwo dazwischen mein Kopf.

Wir

Der neue Kühlschrank spricht eine eigene Sprache. Man sagt nicht „Birne", sondern „Leuchtmittel". Für die neuen Leuchtmittel brauche ich fast ein Studium, bis ich weiß, was ich für welche Lampe brauche. Das Licht aus LED ist kalt, das Bad bleibt schummrig. Die Lampenindustrie schickt uns zurück in die Höhlen. Die Lampenabteilungen der Möbelhäuser sind düster geworden und eiskalt. Glühbirnen waren unverwüstlich. Es gibt eine, die ist über hundert Jahre alt und brennt noch immer. Willentlich verkürzte man ihre Lebensdauer, denn was so lange funktioniert, bringt nichts ein. Léon stellt einen Zwerg ein. Gemeinsam essen sie Grillhuhn und der kleingewachsene Elektriker montiert Kabel und Fassungen. Der Luftkurort wird auch in der Nacht hell.

Merksatz

Was mir an Afrika gefällt, ist, dass man so gut wie keine Amerikaner trifft.

Wir

Léon trägt Holz rauf aus dem Keller. Ich pflanze Tomaten. Er wäscht das Geschirr. Ich brate Schnitzel. Er wartet, bis ich fertig gegessen habe und trägt dann die Teller weg. Er fragt viele Fragen jeden Tag, und ich rede. Es wird nicht verhandelt. Niemals darf es Tausch sein. Es ist wortloses Befriedigen der Bedürfnisse der anderen Person. Wortlos.

Wunderl

Meine Freundin und ich wohnen mit anderen in einer Wohngemeinschaft. In der Küche zeigt eine Uhr aus Karton, wer zum Abwasch dran ist.

Wenn der Zeiger auf eine von uns zeigt, stapeln wir das dreckige Geschirr in einer Babybadewanne hinter einem Vorhang unter der Abwasch. Wir schreiben viel und lesen es laut vor. Wir wollen Schriftstellerinnen werden. Und werden es.

Wir

Léon erzählt: „Die Bäuche von europäischen Kleinkindern sind Nudelhörnchen. Das glauben die Alten heute noch. Das hat man in Afrika den Kindern erzählt. Dann bleibt alles übrig und nur die Mutigsten verschlingen die Eierteigwaren."

Zwerge

Eine Elfjährige in Tirol hat einen Kopf ohne Haare, große, hervortretende Augen und einen winzigen, achtzigjährigen Körper. Die Haut ist schrumpelig, als wäre sie uralt.

„Wenn ich einmal groß bin, werde ich Friseur", sagt sie. „Ich schneide nämlich so gerne meiner Perücke die Haare und frisiere sie."

Wir

In einer Seitengasse zur Lilienfeldergasse steht eine rosarote Villa mit dreißig weißen Säulen, Bögen und Fenstergesimsen wie Buttercremeverzierungen auf Punschtorten. Dieses Haus gehört Fahrenden. Ich habe es fotografiert. So ein Haus möchte Léon.

Barfuß

Ich will einen spiegelglatt glänzenden Boden wie die Nachbarn. Ich will auch alle Türen aus Glas und Business-Ensembles mit weißer Bluse, hochhackigen Schuhen und Sonnenbrillen. Fleckenlos glatt. Innen und außen und mich dann in die Mitte stellen.

Zwerge

In der Grotte auf dem Pöstlingberg löst sich der Drache samt Zwergenbahn aus seinen Gleisen. Braust feuerspeiend Sachbearbeiterinnen hinterher, die rennen. Die Ministerinnen und die andern, die lange reglos vor den Paragrafen saßen. Jetzt sind sie aufgebrochen. Ich bin der Drache. Reiße grob mich aus der Verankerung.

Barfuß

Es gibt einen Ton, den ich nicht mag. „Na? Und? Wie war's in Aaaafrikaaa?" Zwei Pubertierende aus der früheren Kriegsklasse stehen vor mir. Sie sind nicht meine Schülerinnen. Nie mehr.

Wunderl

Wenn es sein muss, sogar durch Heirat. Ich gebe alles dafür, berühmt zu werden. Ich überlege verschiedenste Möglichkeiten: Ballett in Paris (ich bin im Mühlviertel), Eiskunstläuferin (es gibt keinen Eislaufplatz), Sängerin (beim Wirtshausfenster laut hinaussingen), Malerin, Schauspielerin (ich spiele im Holzschuppen mit SommergästInnenkindern Serien nach). Flötespielen in der Wirtshausküche nach dem Mittagsgeschäft. Üben müssen. Ein Gast tritt ein. „Wenn du aufhörst, bekommst du zehn Schilling", sagt er und verschwindet wieder in die Gaststube.

Barfuß

Es regnet im Morgengrauen. Durchnässt und frierend steige ich vom Ross. Hätte ich Flügel, so würden sie zittern. In einer Senke stehen Wohnwägen und Zelte. Rauch steigt auf. Ringsherum sitzen Leute über Schüsseln gebeugt. Jemand schreit. Sie winken. Wörter flattern zu mir herüber. Sie haben mich erkannt.

Zwerge

„Das Licht ist abgedreht. Da kommt ein Zwerg durch die Tür. Er hat eine rote Kappe auf und ein grünes Wams an. Er geht schnurstracks zum Kasten, öffnet ihn und verschwindet drinnen. Dann hört man ihn mit sich laut reden."
„Und aus!"
Sagt das Kind.

Barfuß

Wer mit gekreuzten Beinen auf der Erde sitzt, fasst mit den Fingern in die eine große Schüssel, in die Fülle. Sonst schert hier keinen Menschen etwas. Wildes rundherum. Ich inmitten dieser Leute. Lege meinen Kopf zur Seite und nehme meinen Kopfputz ab. Lege meine Herkunft nieder: Ich bin von hier und bleib' auch da.
Mein Kopf ist hoch erhoben und alt in mir die breite Macht. Wie sie mich im Rücken wärmt. Es folgt mir gewaltig etwas Starkes, Weises

wie die Schleppe einer Braut mit klobigem Schuhwerk. Ich ganz barfuß, folgt mir ein Feld voll Rosen auf Rollen.

Ich hab die Meinen gefunden. Mein Volk. Bei ihnen braucht kein Mensch Papiere.

Zwerge

„Ich hab' einmal einen Geist gesehen. Das war mir nicht mehr wurscht. Ich war beim Handballtraining. Da sah ich etwas Komisches. Es sah aus wie ein Zwischending aus Hase und Mensch. Es war weiß. Das weiß ich sicher. Und stand auf der Tribüne. Ich glaube, es hatte Angst, weil es gleich wieder verschwand. In diesem Moment fielen die beiden Handballtore um."

„Und aus!"

Sagt das Kind.

Barfuß

Mitten in den Feldern stehen heruntergekommene Sozialwohnbauten aus den Zwanzigerjahren mit orientalisch aussehenden Menschen bevölkert. Eine der Gassen ist ausschließlich Schustern reserviert. Ich trete ein und finde die wundersamste Farbe, gelb wie Senf.

Beschuht

Ein niemals kaputt werdendes Sofa. Ein Always und Forever. Das bekomme ich von meiner Freundin geschenkt. Ich bekomme Gemälde und Gedichte, Tänze um ein Feuer, Ringe, die leuchten und Geschirr. Silberne Schuhe aus einem Traum, das Lachen einer Fee und einen sicheren Ort, den Luftkurort: geschenkt.

Barfuß

Unter dem Nordturm des Stephansdomes an einer Portalsäule des Adlertors hängt ein Eisenring namens „Leo" nach seinem Patron

Leopold, der diesen Ort als Zufluchtsstätte bestimmt: Wer sich zu Unrecht verfolgt sieht, kann durch Berühren des Rings Schutz finden.

Wunderl

„Leo!", schreit das Kind und klatscht seine Hand auf die Mauer. Niemand kann es jetzt mehr versteinern.

„Und aus!"

Sagt das Kind.

Barfuß

Im Wald der Jenischen hinter Amaliendorf rauscht zwischen Wackelsteinen Moos. Es zirpt und summt. Silberfäden hängen von jungen Wipfeln. Außer mir sind da keine Leute. Ein Specht quietscht in einem hohlen Baumstamm wie eine Spielzeugente. Dann fliegt er raus. Der Boden ist ein brauner Teppich. Er riecht nach der Säure von Ameisenhaufen, nach Heidelbeeren und nach Zittergras. Ich sitze, starre, esse Klee und zerquetsche Walderdbeeren. Die Jenischen sind schon lange fort. Trotzdem: Ich spüre ihren Blick.

Zwerge

„Ich sah einen kleinen Troll-Geist. Und als ich den Geist fangen wollte, gingen meine Hände durch ihn durch."

„Und aus!"

Sagt das Kind.

Barfuß

Das Unterrichtsministerium ist mit Teppichen ausgelegt, deren Flor so hoch ist, dass ich mich auf einer Wiese wähne, als die Ministerin um die Ecke biegt. Ob sie sich mit mir ins Gras legen wolle, frage ich. „Heute leider nicht", sagt sie. „Heute muss ich ins Parlament zum Gedenken an die Mauthausenbefreiung."

Wunderl

Am Tag nach der Hochzeit fand ich ein Hufeisen. Ich nagelte es über unsere Haustür mit den Enden nach unten. Dadurch kippte das Glück heraus. Heute Früh hab' ich es umgedreht wieder angenagelt. Das Hufeisen sieht jetzt wie eine Schüssel aus.

Barfuß

Für die neuen Naturwissenschaften und das Militär ist die Erde eine Megahexe geworden. Auf der Erde verteilt stehen „Ionospheric Heaters". Sie schleudern Wellen in den Himmel. Wolken aus Aluminium reflektieren Licht und bringen die Welt ins Schwanken. Sprünge öffnen sich. Es kracht. Landstriche werden überschwemmt. Ein Vulkan bricht aus und Inseln beben. Der Planet wird willentlich beschädigt.

Entmachtet stehe ich nun da. Zusammen mit jenen, für die die Welt beseelt ist, mit jenen, die die Erde mögen.

Diesmal ist am Ende kein Sieg. Es gibt gar nichts zu erwarten. Beobachten können wir, was geschieht und laut die Wahrheit schreien. Wir stehen am Rand und pfeifen mit Pfeiferln. Tunesien. Kairo. Algerien. Libyen. Sana'a.

Ich bin in einer Prozession auf einem Berg. Ein Mann führt mich zwischen Leichenbergen bis an die Kante. Vor mir springt eine Figur in die Tiefe.

Ich stehe vor einem Spiegel und finde mich lieb.

„Willst du dir nicht deine Diagnose abholen?" Sagt die Stimme meiner Mutter am Telefon, so als würde sie schon wissen, dass die Diagnose Tod heißt. Ich habe Angst vor der Stimme, der Diagnose und dem Tod. Beba aus Serbien putzt so, wie früher auch hier geputzt wurde: das Klo schluckt, was verschwinden soll.

Ich möchte selbst alles hineinwerfen und dann auf die Spülung drücken.

Wunderl

Ich bin dick und schaue so böse, dass sich die Leute fernhalten. Da bin ich zwei, drei, vier, fünf und ich schiele, und ich sehe Engelshaar auf dem Kopfpolster in der Kammer der Köchin. Ich sehe einen Engel mit weißen Flügeln vor dem Fenster im Schnee. Dann öffnen sich die Türen. Ich höre die Glocke klingeln und Kerzen brennen. Da finde ich ein Puppenwohnzimmer mit einer kleinwinzigen Lampe zum Anknipsen.

Zwerge

„Ich ging aufs Klo, und auf einmal stand ein vier Meter großer Troll vor meiner Nase. Er schaute böse und trat mich mit seinem Fuß. Dort wo er mich getroffen hat, hab' ich einen geschwollenen Knödel bekommen."
„Und aus!"
Sagt das Kind.

Barfuß

Die Talons Academy in Paris lehrt um fünfzehn Euro pro Stunde in extrem hohen Stöckelschuhen zu gehen.
Ich trage Birkenstock. Waldviertler. Loints. Bequem müssen Schuhe sein und nicht umzubringen. In mir ist das Erbe von denen mit dem großen Schritt, dem Auftritt.
Erst, seit ich ein Geschäft gefunden habe, das Wunderl heißt, lasse ich mit mir reden. Dort gibt es Schuhe, die zart und gleichzeitig bequem sind. Und an manchen Tagen günstig.

Ich glaube an keine Herrschaftsgeschichte.[6]

[6] Košice; LEOPOLis (Lemberg), Czernowitz (Tschernowitz, Chernovtsy, Chernivtsi) in der Bukowina, heute Ukraine; Moldovita, Sucevita in der Südbukowina; Karpatenbogen, Sibiu, Sighişoara, Brasov (Kronstadt) Przemysl, Temeswar, Siebenbürgener Erzgebirge, Rosia Montana, Moldauufer, Budapest, Bratislawa

Landschaften, weit und still, und weiche, grüne Hügel, unter denen wächst Gold schon seit ewig. Die Schwermut sitzt neben mir, lässt nicht von mir ab. Wenn ich träume und es stockfinster ist, spüre ich, wie sie an meinem Bett steht. Aus einem Frauenmund quellen tausend Namen von Männern. Aus dem Land quellen tausend Kirchen. Schock bleibt. Gewalt hat mich erschreckt. Jedes Eintreten in eine Kirche bringt etwas in mir zum Vibrieren. Immer geht es um Gefahr und um eine Geschichte der Ausgrenzung. Die Stimme löscht jede Spur von Frau. Es sticht.

Wer über Grenzen hinweg liebt, leidet in dieser Gegend. Die Liebe für das Fremde gemordet, vertrieben, weggeschreckt, in die Flucht geschlagen. Ferngehalten durch dicke Wälle, Mauern, Festungen und Waffen - im Namen Gottes. Auch auf der anderen Seite war Gott und nichts anderes. Schwere steigt in den Hals. Ein Waten durch Blut. Unter Füßen wachsen keine Wurzeln.

Draußen bleiben: Mein türkischer Freund, der stottert. Meine beschnittenen Neffen. Die junge Malerin aus der Mongolei. Mein muslimisch-berberischer Verwandter. Mein Lieblingsromamusiker, meine jüdischen Freundinnen und das Fremde in mir, das Rätsel, das ich mir bin. Der Ostrand Europas ist mit Abwehr, mit Grenze übersät. Die Zone bäumte sich auf gegen das Fremde, das einfiel.

Worum es sich in diesem Teil Europas drehte, geht haarscharf an dem vorbei, worum es mir auf dieser Welt ankommt. Ich versuche laut um Hilfe zu schreien, es kommt kein Ton.

So als wäre es eine Reise von einer Gefahr in die nächste. Oder die Erinnerung an Ausrottung.

Ich sehne mich so

Das Kind gibt dem Schafsjungen Milch aus der Flasche. Der Vater zeigt dem Kind, wie man mit einer langen Stange wilde Pferde fängt, wenn sie vorbeikommen.

Er-innern

Matthias Corvinus
König Friedrich der Schläfer
Kronprinz Rudolf
Tomáš Garrigue Masarik
Cyril und Method
Karl der Große
Franz Liszt
Max Fleischer
Peter Lowry
Fred Zinnemann
Billy Wilder
Paul Henreid
Johnny Weissmüller

Sie-innern!

Heilige Fruchtbarkeit
Heiliges Weibchen mit der Vogelnase
Heilige Mutter Erde
Heiliges Universum
Heilige Dreiecksfigur
behütet mich!

Nachplappern
Leopold Sacher-Masoch hatte Probleme mit starken Frauen.

Ich sehne mich so
Ein Meer eishell wie Luft. Am festgefrorenen Dung rütteln, an Hüllen aus Gras und getrockneten Flechten. Einen Beutel aufbinden, Wacholder anzünden. Ein Faden aus Rauch.

Fremd
An der Grenze stehen alle Autos still. Ab und zu tritt einer mit großer Mütze aus einer kleinen Kabine. Eine Grenzlady stöckelt auf und ab. Nichts tut sich. Leute stehen. Warten. Schweigen. Schwitzen entmachtet. Plötzlich rauscht ein Grenzwacheteam wie die Crew einer Fluglinie Richtung Schweinsbratengeruch in dem größten Gebäude der Grenze, und eine Beamtin in High Heels und engem, dunklem Kostüm schiebt grob eine alte Frau vom Gehsteig.
Unweit der stummen, reglosen Autoschlange dreht ein Filmteam: Eine Blondine rennt fünfmal in hohem Schuhwerk und einem weißen Kleid mit einem gefüllten Einkaufswagen über den Platz. Eine Sirene heult kurz auf. Hundert Tauben flattern hoch vom Futter. Sie würde für ein paar Kröten alles tun.
Zwischen Landschaften wachsen kleine Städte mit großen Pflastersteinen voller Geklacker von hohen Absätzen, gefüllt mit selbstgequetschtem Frauenfleisch. Je ärmer der Rand Europas, desto höher die Stöckel. Auf dem Marktplatz neben der Kirche steht ein menschengroßer Vogelkäfig: ein Zwinger für Frauen.
So, als wollte mich etwas trösten, wachsen aus Wiesen Gänsebüschel.
Ich aber bin weder fürs Reisen noch fürs Zuhausebleiben gemacht.

Da möchte ich mich flach auf den Boden legen, bis die letzte Luft aus mir entweicht, getroffen wie von einem Schlag.

Ich sehne mich so
Beinahe erfrorene Finger greifen in einen alten Rucksack. Und kommen heraus mit Stoff. Steine ausgewickelt, gezählt wie damals, als es einmal im Winter bitterkalt war.

Österreich
Dieses Land war immer ein Wurmfortsatz von etwas oder jemandem. Von Matra Fatra Tatra. Zuerst war Leopold, dann kam Österreich, und danach die weiten Ländereien.
Leopold war heilig und sein Heiliges hat auf das Land abgefärbt. Wie seine Schädeldecke liegt auch das Land eingepackt in Seidensamt, so weich zwischen den Bergen aus Hermelin und aus Juwelen, Perlen und aus Gold. Einmal war es klein, ein anderes Mal groß. Ich fahre die Grenzen der großen Zeit entlang.

Er-innern

Adam Mickiewicz
Orpheus
Vladimir Ivasuk
Jan III. Sobieski
Ivan Frodora
Martin Buber
Zar Peter I
Jan Henryk Rosen

Sie-innern!

Claudine Gräfin Rhédey von Kis-Rhéde aus Cluj war die
Ur-Urgroßmutter der Queen

94

Maria Theresia wurde „Rex Hungariae", KönIG von Ungarn
Hedy Lamarr

Ich sehne mich so
Aus dem Fleisch kriecht Vieh, windet sich um mich. Ein Drachen-
schwanz, eine fein ziselierte, uralte Musterung entlässt ein Bein, einen
Arm, eine Rüsche des Rocks fast in Fetzen.

Wurzel
Eine kleine, mesopotamisch blaue Kirche wächst im Inneren von dicken Mauern und aus Laubengängen schäumen bunte Blüten aus tausend Töpfen. Rabatten begrenzen Gras mit Rosensträuchern. Nonnen
stehen gebeugt und kratzen Moos aus den Ritzen des Pflasters. Vögel
nisten. Holzfeuer riecht. Taubenblaue Kelims mit großen Rosen werden mit Bürsten und Seifen gerieben. Auf niedrigen Weideneinfas-
sungen hängen die gewaschenen Teppiche zum Trocknen. Eine kräf-
tige Frau hat einen Kelim gefaltet und trägt nun die dicke Rolle auf der
Schulter ins Klosterinnere.
Nonnen gehen vorüber. Kein Schritt. Türen quietschen. Eine kühle
Brise streift mich.
„Einmal brannte das Kloster ab", sagt die Äbtissin, „nur weil ein
Mönch vergaß, eine Kerze auszulöschen." Sie hat eine Stimme wie ein
Bürgermeister. „Marias Seele ist der Tempel Gottes und niemals noch
ist dieses Kloster eingenommen worden. Lobpreisgesänge für die
Muttergöttin", sagt sie, „sind viele hundert Male außen auf der Kirche
blau gezeichnet."
Im Kirchenschiff schlucken Kelims die Schritte. Man muss den Boden
berühren, ein kleines Madonnenbild küssen. Weitergehen. Stehen.
Wieder den Boden berühren, und ich sehe das Beten zur Muttergöttin,
das Verneigen vor gestickten Rosen, drapiert um sie wie ein Kopftuch.

So viel Gold. So viele Knochen, eingefasst. An das Silbergewand der schwarzen großen Madonna nur mit der Fingerspitze ankommen. Mit der Hand, dem Gesicht dann und sich anschmiegen, sich mit dem ganzen Körper an sie lehnen. So küss' ich sie, die dunkle Frau. Es riecht nach Seife und nach dem Öl von Rosenblättern.

Nachplappern
Der Altweibergang führt vom oberen Marktplatz hinunter zur Post. Im Winter haben ältere Frauen Angst davor auszurutschen. Neugierig lehnen sie über der Brüstung, bis junge Paare vorbeigehen. Sie wissen immer, wer mit wem.

Fremd
Aus Männerbäuchen wächst das Geschlecht Jesu, sein Stammbaum bis zurück zur Schaffung der Erde. Die Klöster sind bunt bemalt mit Lügen und Männerwahn.

Da möchte ich mich flach auf den Boden legen, bis die letzte Luft aus mir entweicht, getroffen wie von einem Schlag.

Ich sehne mich so
Die immer gleiche Melodie einer Maultrommel zwischen Bäumen ruft einen Geist. Auf dass er sich verheddere in himmelblauen Fetzen. Und wenn er kommt, mit seinem grünen Gürtel um die Mitte, singt er und legt die Antwort zwischen die Wurzeln des Baumes wie eine Zapfenkuh, mit der die Kinder spielen.

Wurzel
Auf einer Straßenkreuzung im Dorf vor einem Kloster verkaufen Roma kübelweise Walderdbeeren und salatkopfgroße Pilze. Vor der Allee, die zum Klostertor führt, bieten sie Brombeeren und Heidel-

beeren in Eimern an. Die Kirche in der Mitte der Klostermauern hat goldene Sterne und in den Laubengängen stapfen Nonnen herum. Eine Nonne mit weißen langen Barthaaren unter dem Kinn tritt weinend aus dem Souvenirladen. Ein Mann geht auf sie zu. Langsam bewegen sich beide hinter einen Baum, ohne dass der Mann beim Sprechen der Nonne ins Gesicht sieht. Während der Mann spricht, füllen sich seine Augen mit Tränen und die Ränder seiner Nasenlöcher färben sich rot. Dann eilt die Nonne vor das Klostertor.

Nachplappern
Im See der schlechten Frauen wurde die Schuldige ertränkt, denn sie war fremdgegangen.

Ich sehne mich so
Pferdebeine zusammenbinden. Gürtel herumwickeln. Traktor festzurren.

Österreich
Durch die Herrengasse in Czernowitz marschiert ein orthodoxer Priester. Sein Zopf reicht bis zu den Kniekehlen. Die Herrengasse war die teuerste Gasse Galiziens. Alles war am besten. Kindern war es untersagt, ohne Begleitung ihrer Eltern umherzustreunen. Auf einem Foto sieht man Bauern barfuß mit Stiefeln, die über ihre Schultern hängen, denn Schuhe mussten oben und unten geputzt sein oder eben ausgezogen werden. Und am Ende der Gasse, in einem kleinen Park, steht die Statue einer Frau: Mutter Austria. Österreich ist eine Frau.

Er-innern

Paul von Leutschau
König Andreas von Ungarn
Josef II.
Vater von Billy Wilder
Josef Roth
Soldat Schwejk
Julius Tandler
Franz Xaver Mozart
Ferdinand d'Este
Iwan Franko
Stanislaw Lem
Karl Ludwig
Franz Josef

Sie-innern!

Elisabeth von Thüringen, Patronin der Ungarn
Kaschubin, Mutter von Günter Grass

Fremd
Im Disneyland Rumäniens, geschaffen von Prinz Eugen und geschmückt mit Männerbüsten, werden Helden verherrlicht. Das Ge-
lände kompanieflach und heereseben. Totenschädel- und Knochen-
grabungen zwischen Erdwällen und Leere. Ein Ensemble aus Män-
nerpomp und Tamtam, aufgeblasen für etwaige Angriffe, die niemals
kamen. Die Gebäude stehen ausgehöhlt, die Siegesstraßen abgesperrt.

Dumpf schlägt die Kutte des orthodoxen Priesters beim Gehen gegen seine Beine.

Ich will flach sein wie ein Brett. Ich will auf dem Boden liegen und warten, bis alle Luft aus meinem Körper entweicht. Ich will mich anhalten und tappe ins Leere. Ich bin einer unerträglichen Geschichte nachgefahren, wanke zwischen Schrecken. Kein Pflasterstein, auf dem ich stehen könnte, um zu verschnaufen.

Ich sehne mich so
Einen Knochen in die Glut werfen. Warten, bis er schwarz ist. Wenn das Schulterblatt verkohlt aus dem Feuer kommt, liest eine Alte aus den Sprüngen im Gebein, was die Zukunft bringt.

Wurzel
Häuser im Osten haben über den Fenstern Fenster. Ein nicht regulierter Fluss sucht sich seine Wege und fließt da und dort neben dem Bett und nicht drinnen in Gura Humorului. Unter dem Autobus wallen und wogen Hügel, bis sich ein Pass zuerst wildromantisch gibt und danach alles Liebliche auffrisst. Dann rülpst er. Was bleibt, ist herb. Träume hängen im Kopf fest und im Nacken, wo sie der Wind hinblies, der über Pässe streicht und sich dann im Becken verfängt wie in einem Kessel.

Ich sehne mich so
Unter dem Bett. Ein Hut auf den Falten der Alten. Wacholder, Milch und weiße Fetzen. Dicke Stiefel, ohne Grund lacht sie. Kräuter in Papiergeld wickeln. Wo ist der Kopf auf dem Geldschein?

Nachplappern

Frauen, deren Prophezeiungen nicht stimmten, stieß man von der Lügenbrücke. Der Diktator hielt an derselben Stelle eine Rede, ohne hinunterzufallen.

Spätfolge

Das Kind schreibt Hausaufgaben bei Kerzenlicht. Das Kind friert, ist hungrig. Die Mutter stellt sich um fünf Uhr früh an. Ein Liter Milch für drei Kinder ist nicht genug. Die paar Gramm Butter sind nicht genug, und auch nicht das Fleisch. Fünf Minuten Cartoons am Samstagabend sind nicht genug. Täglich zwei Stunden Propaganda jeden übrigen Tag sind mehr als genug.

Ich sehne mich so

Frühlingsquartier: eine Hütte aus Holz, Tapete aus Zeitung, ein Fenster, ein Blechtor quietscht, ein paar Ritzen im Holz und Ziegeltee. Sommerquartier: ohne Zähne in den Kleidern zwei Töpfe und Bänder und unter dem Bett in einer Bananenschachtel in einem Sack raschelt Plastik. Im Bauernkasten eine alte Kiste, ein Spitzhut am Kopf und schwarze Fransen vor dem Gesicht. Nur der Campingaltar mit Glocke wandert zwischen beiden Quartieren hin und her.

Fremd

„Gott sei Dank sterben die Somalier an Hunger. Die könnten mit den Menschenmassen anders ja gar nicht umgehen, genau wie in Ägypten. Die rechnen ja damit, dass sich die Leute im Nilwasser mit dem Wurm infizieren und daran sterben", sagt eine Stimme.

Wie ein Schlag trifft mich was die Stimme sagt. Ich will flach auf dem Boden liegen wie ein Brett, bis alle Luft aus mir entwichen ist.

Ich sehne mich so
Erinnerst du dich, als wir die Füße hoben zum Tritt? Unsere Hände in ihrem Haar, wie sie rissen und wir dann liefen mit den Büscheln zwischen den Fingern?

Fremd
„Wir wollen auch so leben!", sagt der Nomade und starrt auf ein Foto aus „Home and Garden". Da weine ich.

Ich sehne mich so
Hausschuhe aus Filz. Walkjanker aus Filz. Ein Hut aus Filz. Eine Tasche aus Filz. Ein Haus aus Filz.
Lange Ärmel statt Handschuhe. Lange Hälse statt Leitern. Lange Zähne statt Gabeln. Lange Geschichten statt Short Storys!
Niemand hat Lippen rot angemalt. Niemand hat Kleider grün lackiert. Niemand hat Wasser blau getragen. Immer ist Gras grün. Immer sind darüber Wolken. Die wandern.

Spätfolge
Die Proteste beginnen in Westrumänien. Den Kindern wird nichts gesagt. Die anderen Städte schließen sich an, und am Christtag wird der Diktator nach kurzem Prozess erschossen. Der Platz hat tiefe Löcher, schwarz und gruselig, bedeckt mit Glas. Es ist, als würde ich fallen.

Er-innern

Géza II.
Josef Haltrich
Gebrüder Grimm

Sohn von Veit Stoß
Heiliger Martin
Heiliger Nikolaus
Galileo Galilei
Friedrich Schiller
Martin Luther
Samuel von Brukenthal
Paul Wiener
König Attila
Samuel Hahnemann
Franz Binder
Johannes von Nepomuk
Prinz Sigismund von Transsylvanien
Regele Ferdinand I. von Rumänien
König Michael
Ignaz Semmelweis
Heiliger Matthias

Sie-innern!

Kaiserin Elisabeth liebte Ungarn
Ptolmea Krushelnytska, Opernsängerin
Die Musen Klio, Melpomene, Terpsichore, Thalia, Euterpe, Erato,
Urania, Polyhymnia und Kalliope, Oper in Leopolis

Wurzel
Einige Jahre lang kommen alte Leute zurück und suchen ihr Haus von
vor dem Krieg oder von vor der Diktatur. Einer dieser Suchenden geht
an einem späten Nachmittag während der Ferien am Gymnasium vo-

rüber, welches er selbst besucht hat. Er bleibt stehen. Dann macht er kehrt. Die Eingangshalle der Schule ist offen. Die Portierin begrüßt freundlich den betagten Herrn. Er schwitzt. „Die Stadt ist für Leute und Bücher gebaut und nicht für Autos", sagt sie. „Man muss alles zu Fuß gehen hier." Sie lässt ihn in den Klassenzimmern mit den alten Schulbänken alleine. Er tastet die Unterseite jeder alten Schulbank ab. Plötzlich beginnt er zu weinen. Er hat gefunden, was er als Kind ins Holz geritzt hat: seinen eigenen Namen.

Er-innern

Lenin
FellnerundHelmer
Leon Schrenzel
Prinz Hohenlohe
Mosche Altman
Hans J. Salter
Stefan der Große
Moses
Fürst Jeremia Movila
14 griechische Philosophen
Kaiser Karl VI.
Prinz Eugen
Rudolf II.
Romulus und Remus
Johannes Honterus
Igantius von Loyola
Ferdinand Magellan
Heinrich VIII.
Niccolò di Bernardo dei Machiavelli

Tizian Vecellio
Michelangelo di Lodovico Buonarroti Simoni
Philippus Theophrastus Aureolus Bombastus von Hohenheim, Paracelsus
François Rabelais
Johannes Calvin
François I.
Hans Holbein der Jüngere
Thomas Morus
Pieter Bruegel der Ältere
Erasmus von Rotterdam
Albrecht Dürer
Karl V.
Lucas Cranach der Ältere
Nikolaus Kopernikus
Suleiman II.
Alle Helden, Heldenplatz Budapest
Ludwig Förster
Theophil Hansen

Sie-innern!

Die Trauer und die Freude in Frauenkörpern, Oper in Leopolis
Olga Kobylanska, Schriftstellerin Czernowitz
Beatrice von Aragonien hat ihren Mann vergiftet, Fresco Kronstadt
Kirche

Ich sehne mich so
Ein Feld aus Wüste voller steinerner Blüten. Ein Weg gesäumt von
Felsbrocken. Leute tragen Fahnen, Schirme, Fetzen, Fäden. Eine Frau

sitzt in einem stehenden Bus, steckt einen Beutel zurück in ihre Tasche. Sie wirft mit Knochen.

Spätfolge

Das Kind steht an der Bushaltestelle. Der 22. Dezember 1989 ist ein Donnerstag. Der Bus kommt mit großer Verspätung. Die Leute sind alle eingequetscht. In der Nähe des Zentrums hört man plötzlich dumpfe Knaller. In einer schreienden Menschenmenge kommt der Bus zum Stehen, die Türen werden geöffnet und alle verschwinden im Gewimmel. „Nieder mit Ceausescu!" rufen sie im Chor, und „Freiheit!" Das Kind weiß nicht wohin, steht ein wenig im Gerempel, treibt ein paar Schritte mit und steigt weinend und zitternd zurück in den Bus. Eine ältere Frau mit einem kleinen Jungen neben sich deutet: Setz dich zu uns. Wird schon nichts passieren. „Ich pass auf dich auf", sagt sie. Erst nach einer Ewigkeit setzt sich der Bus in Bewegung.

Wurzel

Vor einem Gladiolengarten hängt eine Ziege mit den Vorderbeinen auf dem Zaun und frisst Zwetschken vom Baum. In Zäunen verfangen sich Rosen und unter Birnbäumen wachsen Kohlköpfe statt Rasen. Rote Rüben im Garten. Im Weinlaub steht ein Haus aus Lehm mit einem Dach aus Blech, Zinnien leuchten. Davor steht eine Bank. Auf der Bank sitzt eine Alte mit zwei Kindern. Die Kinder wackeln mit den Beinen und treten auf Gladiolen. Sie kippen. Es knallt.
Eine Straße mit Schlaglöchern, ein Storch auf einem Schober aus Heu, ein Huhn beim Morgenspaziergang. Eine Gans fettet ihre Federn ein und einen Bauern rüttelt es hin und her auf seinem Pferdefuhrwerk. Er fährt aufs Feld. Die Sonne geht unter. Auf dem Wagen liegt eine Sense. Zwei Pferde ziehen das Gefährt. Er tut dasselbe wie ein Mann in Rajasthan, wie ein Mann in Mali. Nur lebt dieser in der EU.

Ich sehne mich so

Ein Tier. Ein Tier, ein Mensch. Ohne Tier kein Mensch. Schenkt sich das Tier dem Menschen. Wartet, steht und wacht. Im schwarzen Fell. Nicht Zobel, nicht Kamel. Die Hand beim Drüberstreichen fühlt jeden Knochen. Beim Tod öffnet der Mensch die Kugelgelenke mit einem Dolch, denn da setzt sich für immer der Tiergeist fest. Das Tier ist vertraut. Wir sind wortlos und stumm füreinander verständlich. Ich kenne mich aus. Heute Nacht schrie ich tonlos den Namen des Tieres und es kam. Ein Weinen ohne Grund, ein Ziehen, ein Drängen, ein Bleibenwollen. Das Tier zeigt mir den Rücken und das Hinterteil streicht um meine Waden.

Beim Teigkneten und Würzen mit Kurkuma, Ingwer, Koriander, scharf. Beim Karottenreiben, mit Glasnudeln verrühren, Sesam, Soja, Knoblauch: zwischen den Beinen das ständige Streifen das Reiben. Das Tier sitzt mit dem Rücken zu mir, den Schwanz mir zugewandt.

Fremd

„Ich weiß gar nicht, wieso man zu solchen Orten wie diesem jüdischen Friedhof geht. In meiner Familie haben wir überhaupt (kleine Pause) keine Menschenseele", sagt eine Stimme auf dem jüdischen Friedhof.

Da möchte ich mich flach auf den Boden legen bis die letzte Luft aus mir entweicht, getroffen wie von einem Schlag.

Ich sehne mich so

Früher konnte man auf Wolken aus Muscheln gehen und Vögel und Fische waren eins.

Früher einmal trugen die Frauen ihr Haar hochgesteckt mit Blüten in perlmutternen Kleidern.

Männer in Kaftanen kamen ihnen entgegen und entblößten freudig ihre dicken, schneeweißen Bäuche, damit eine sie nähme.

Wurzel

Sanfte Hügel, wo Hühner ohne Hahn wissen, wohin sie gehören ganz ohne Zaun. Eine Henne pickt in einem Hof das Rote einer Wassermelone aus einer flaschengrünen Schüssel. Dahlienvorgärten. Zwanzig Pferde fressen in Engelwurzfeldern und verscheuchen Fliegen mit ihren Schweifen. Ein Mädchen mit Schneeballzopfspangen fasst nach der Hand einer Frau. Die Frau kauft eine Melone, lässt die Hand des Kindes los und trägt die Melone, als wäre sie ein Säugling.

Fremd

Auf einem mittelalterlichen Schattenplatz wie aus tausendundeiner Nacht stöckelt eine Frau in Begleitung in die armenische Kirche. Unter weißen Hosen tragen schicke Frauen keinen Slip. Die, der alle nachsehen, trägt weiße Jeans mit Glitter. Die Hose hat einen Stringtanga im Leopardenmuster auf dem weißen Stoff. Wir blicken zu dritt einem Maler namens Rosen, der sich selbst vor hundert Jahren realistisch porträtierte, direkt ins Gesicht. Er gefällt mir. Er malte weiße Striche über sein Fresco, die im ersten Augenblick wie Krixikraxi aus Kreide aussehen. Die Stringtanga geht an das Fresko ran, spuckt auf den Finger und reibt, bis einige Striche weg sind. Mehrere Leute von einem Putztrupp, die mit dem Kärcher lärmen und Wachs aus den Kerzenhaltern kratzen, rennen auf sie zu und schreien. Sie spuckt auf den Boden und stöckelt aus der Kirche hinaus.

Ich sehne mich so

Über Land flach und grün galoppieren Pferde. Wir reiten nach vorne, nach oben, nach drüben. Rot grün gelb und blau, die Knochen zum Würfeln. Und dahinter die Kolonne Mercedes mit Wohnwägen daran und ein paar Pferdewagen von früher, bunt bemalt auf dem Weg zum Treffen.

Spätfolge

Das Kind dreht den Schlüssel, da reißt die Mutter von innen schon die Tür auf und schreit: „Wir dachten schon, sie hätten dich erschossen!" Das Kind isst drei Tage lang keinen Bissen.

Als das Regime zu Fall gebracht ist, haben die Leute Geld und keine Waren. Da beginnt die Mutter zu saufen und stirbt daran 2008.

Wurzel

Ein verrosteter Mosaikengel auf einem kommunistischen Bushalte- häuschen hält einen Stern aus Rost. Drei Rostschlote blasen braun- grauen Rauch in den Himmel.

Eisen rostet, Häuser verfallen. Kühe grasen neben Rumpelstraßen. Dahlien und Kukuruz, Sonnenblumen, Tagetes und Wein, Phlox, und irgendwo steht ein Kind und lutscht an seinem Finger.

Österreich

Auf dem Majolikafries an dem ehemaligen Sparkassengebäude ist Österreich als Jupiter mit großen Schwingen dargestellt.

Ich sehne mich so

Auf Edelweißwiesen: Kamelmilch gärt. Auf dem Feuer: ein Topf. Aus Milch: der Schnaps. Quellwasser aufgekocht. Auf gesalzenem Milchtee: Rahmhautschaum, im gegarten Murmeltier: heiße Steine. Und unter dem Bett: Steppenkräuter und die Habseligkeiten eines Lebens.

Wurzel

Vor dem Friedhof beiße ich in frischwarme Buchteln in Stangenform, gefüllt mit Himbeermus. Die Frau, die mir das Gebäck verkauft hat, ist zahnlos. Ohne Zähne hat sie im Mund viel Platz und im Gesicht viel Haut, die sich beim Kauen nach oben schiebt wie bei einer Kuh. „Die

Universitas Leopoliensis ist meine Alma Mater. Die Heimat schmücken gebildete Leute." Nuschelt sie zwischen meine Bissen.

Fremd

Das Auto steht mit dem Gesicht zum Schlachtfeld. Langsam breitet sich Überhebliches aus wie der Schatten des Baumes, unter dem wir parken. „Muss man jetzt Romaschnitzel sagen?" Eine erste Stimme lacht, dann eine zweite. „Zu denen sagt die Polizei sowieso schon lange Südschweden", sagt eine andere Stimme über Schwarze. Es lachen mehrere.

Ich möchte mich auf den Boden legen, flach wie ein Brett und warten, bis alle Luft aus mir entwichen ist. Getroffen, wie von einem Schlag.

Ich sehne mich so

Einen Freund verlieren. Das Liebste in der Hand halten. Auf die Stirn geküsst werden. Blechern scheppert der Wagen zum Abschied.
Wer bleibt zurück, wer geht. Das Jetzt ist immer dort, wo man selbst gerade ist. Und immer dort, wo es geradeaus wohin führt. Baumlos, strauchlos, endlos. Mit einer doppelten Stimme, so als wäre man niemals alleine.

Wurzel

Auf dem Friedhof liegen sechshunderttausend Tote. Auf einem Grabstein drückt eine Mutter aus Stein ihr steinernes Kind. Feuerstein, Eisenberg, Goldfrucht, Edelstein, Besenmacher, Goldlust und Sauerquell reiht sich Name an Name. Auf einem der Grabsteine steht: Er war glücklich und er verbreitete Glück.

Fremd

Tibetische Mönche kolonialisierten das Land und brachten tausend Schamanen um. Diese haben sich geschworen, wiedergeboren zu werden. Heute gibt es in der Mongolei viele Schamanen. Sie sind wiederauferstanden.

Ich sehne mich so

Wir haben eine Holzschatulle mit zwei Reitern, die in die entgegengesetzte Richtung reiten. In einer Hand halten sie die Zügel, und der zweite Arm ist gehoben zum Gruß. Ich fülle die Schatulle mit Käse, mit Jause für ihre Reise.

Mein Vater sieht meine Mutter. Sie hat die schmalsten Augen und die kräftigsten Beine. Ihr Haar steht vom Kopf ab wie Hörner. Sie reibt am Wünschelknochen eines weißen Rabens, schlürft Knochensuppe und wartet auf ein Gewitter. Die Weite, die Gräser graubraun und verwittert wie altes Holz. In einem Flussbett schickt mein Vater dem Vater meiner Mutter Milch, und der Beschenkte schickt Milch retour. Beide trinken aus dem Becher aus Schädeldecke, und meinem Vater wird übel. Er überlebt und stiehlt die Frau, die ihm gefällt: meine Mutter. Und vor der ersten Nacht ritzen sie das Handinnere auf, träufeln Blut in Milch und trinken. Da komme ich.

Wurzel

Ich esse Brot mit warmem Speck, so fein geschnitten, dass er schmeckt wie Schmalz. Ich löffle Borschtsch serviert in einem Topf aus frischgebackenem Brot mit Deckel. Ich gieße Sauerrahmsoße auf Kartoffelpuffer, auf gebackene Mäuse, auf Krautwickler und in Suppen mit Pilzen. Ich esse Buchtelkuchen mit Zimtfüllung und Forelle im Speckmantel, ich esse Kartoffelsuppe mit Geselchtem und Kerbel und Gulasch mit Nockerl.

Ich sehne mich so
Ein österreichischer und ein serbischer Rom fahren mit einer Geige und einer Gitarre nach Indien, weil man ihnen erzählt hat, dass das fahrende Volk aus Indien kommt. Sie treffen fahrende indische Musiker und zusammen spielen sie wilde Töne von früher und von heute und von morgen.

Fremd
Es ist hoch und kühl. Es ist steinern und hart. Es ist dunkel und spitz. Es ist so groß, dass ich mich verliere. Leute hängen Haut in Becken von Wasser und fuchteln herum an sich selbst mit den Fingern, den Armen. Es ist verbohrt und hohl, und immer wieder kommen golden der Tod, die Geburt und die geflügelten Lügen. Tausendfach das brave, leere Traben im Gänsemarsch, der Blick hinauf ins Nichts, aufgeblasen, aufgeplustert.
In all den Kirchen war ich und beinahe wäre ich kalt geblieben.

Ich sehne mich so
In der Landschaft ein X und zwei H's zwei Mann hoch. Aus hölzernen Stecken. Auf das H führt eine Leiter. Mit Heu darunter. Mit Lügen darunter. Man kann von oben ins Heu springen, das Gelogene zerquetschen.

Wurzel
Ein Kind stellt sich vor die Straßenmusiker und stiert auf die Töne von Balalaikas und Kontrabass aus russischen Steppen. Ein kleiner Junge sitzt mit einem grünen Käfig, gefüllt mit Vogel, auf der Gehsteigkante. Die Stadt ist voll Samstag, der Park voller Bräute. Kinderwägen sind voll geschlossener Augen und der Berg über der Stadt ist beschriftet mit denselben Buchstaben wie HOLLYWOOD, nur anders arrangiert.

Leopold, ich umkreise Leopolis, deine Stadt. Leopold, du mit deiner angebeteten Schädeldecke - ich bin nur deiner Fährte gefolgt, und sieh, wohin ich kam!

Ich sehne mich so

Von der Mutter lernt man auszuräumen. Gebetskette: aus aufgefädelten Fingerknochen. Eier und Schwanz: abgeschnitten und getrocknet. Kopf: abgeschlagen. Hände: abgehackt und mumifiziert. Trompete: aus einem Oberschenkelknochen geschnitzt. Jagdhornblasen auf Almen. Menstruationsblut: getrocknet. Menschliche Hirnschale: ein Becher Tee. Er dampft.

Und dann wieder alles einräumen. Kiste: näherrücken. Knochenflöte: zuunterst in die Kiste legen. Trommel: ins Tuch wickeln, in die Kiste auf den Knochen legen, Deckel verschließen und in der Nase bohren. Rote Mütze: in die rote Nylontasche stecken. Roten bemalten Schrank: öffnen und Sack hineinstellen. Ein Beutelchen mit Arz[7] und heiligen Sprüchen in einer Keksdose aus dem Schrank nehmen, öffnen, lesen und drüberstreichen.

Fremd

Ich lasse mich zu Bollwerken gegen das Fremde schleppen. So golden die Grenzposten der christlichen Welt mit ihren Rändern umso stärker konturiert, so stolz, und in deren eigenen Augen - wundersam. Und im Inneren der eigenen Einheit: die Roma und die Jüdinnen, die Juden. Voll von Fremdheit immerzu und jenen, die geblieben waren von früher und immer die Namen von Männern hergebetet und immer stehen sie herum aus Stein und aus Bronze. Jede Ecke ist markiert mit Mann und mit Christ. Hysterisch besessen von sich selbst. Hergeleiert, aufgesagt, und ich glaube nicht Gottvater und ich glaube nicht Gottsohn und ich glaube nicht Gott heiliger Geist. Auf keinen Fall. Ich

---

[7] Hochgebirgswacholder zum Räuchern

lasse mich zerren und bremse mit den Fersen meiner Schuhe und ich stelle mich tot und mache mich schwer, so als wäre ich aus Stein.

Ich sehne mich so
Der obere Himmel ist schon schwarzblau, wenn der Horizont noch aufleuchtet, hell und weißblau vom Tag. Die Wörter sind untereinandergeschriebene Kolonnen wie Zahlen beim Turmrechnen. Mit einem Spiegel blenden in der Weite einer Steppe ist Sprechen.

Wurzel
Ich esse zwischen gestickten Rosen. Ich esse zwischen gewebten Blüten. Ich sehe Samstagsväter, die Kinder in Wägen schieben. Ich sehe sie den Kleinen bei den ersten Schritten helfen und einen sehe ich mit geschlossenen Augen Wange an Wange mit Baby. Das Plakat wirbt für einen Hausfassadendämmstoff.

Fremd
Prinz Charles kauft in einem pittoresken Dorf Häuser. Viskry. Seine Ururgroßmutter stammt aus dieser Gegend, als es noch Ungarn war. Er übernachtet in der nächsten Stadt neben dem Haus mit Hirsch. Die hiesige Verwandtschaft ist zur Hochzeit in London geladen.

Ich sehne mich so
Die Lampe ist aus Mond. Die Wand ist aus Jägerzaun. Die Luft ist aus Fliegen und die Nacht aus Pferdegeschnaube. Die Kleider sind Mäntel. Gepolstert. Gegürtelt. Aus Regenbögen. Die Möbel sind rot mit Rosen aus Rahm und aus Schaf.

Wurzel
Wenn ich mich etwas auf die Zehen stelle und mich aus der Dachschräge hinausbeuge, blicke ich zum alten Turm aus Ziegeln und ur-

alten Balken mit seinem Dach tonrot schattiert und erinnere mich:
Wenn sich in einsamer Landschaft ein Dachstuhl aufweicht und die
Zeit seine Balken rundet, hängen Ziegel wie die Schuppen eines großen Fisches schattiert und müde, lehnen aneinander noch, bevor sie
fallen.

Ich sehne mich so
Was wäre dein größter Erfolg in deiner neuen Arbeit, frage ich meine
Schwester, die ins Burgenland zieht. Sie weint. Wenn plötzlich alle
Romakinder wahnsinnig gut in der Schule würden und super bezahlte
Arbeit bekämen.

Er-innern

Tartaren
Magyaren
Hunnen
Bajuwaren
Ruthenen
Slawen
Russen
Ukrainer
Armenier

Sie-innern!

Heilige Ursula, Altar Bergkirche Sighişoara
Königin Isabella von Transsylvanien

Nachplappern

PATRIAE FILIIS VIRTUTI PALLADIQUE SESE VOVENTIBUS
SACRUM Den Söhnen des Vaterlandes, die sich der Tugend und
Wissenschaft gewidmet haben, ein Heiligtum.

Ich sehne mich so

Wenn man schleckt an etwas, das man nicht kennt und noch nie gesehen hat, dann glaubt man zu verstehen.

Wurzel

Die Landschaft ist graugrün gehügelt, zeigt in der Ferne ein stehendes
weißes Auto, siebenundvierzig Schafe und einen Mann in Hocke, den
Schäfer.

Die Müllabfuhr hat die mittelalterliche Stadt aus dem Schlaf gerissen.
Noch ist es still. Ein Mann sammelt Bilder, ich Wörter und der Hirsch
auf dem Haus mit Hirsch sieht zu. Der Wasserwagen rumpelt übers
Pflaster. Dann ist Zirpen zu hören, das Zirpen ferner Orte und südli-
cher Sommermorgen.

Eine Tür knallt zu. Ein Blatt fällt. Wind fängt sich im Laub. Eine
Sonntagsstimme hallt aus der offenen Augustkirche. Das Dorf ist leer.
Alle paar Schritte hängt ein orangefarbener Mistkübel. Genau hier
liegt überall Abfall herum und Mist.

Nur eine alte Frau mit einem schwarzen Buch. Mit einem Kopftuch
ganz aus Spitze. Mit einer Silberbrosche auf der Brust vor ausgemer-
gelten Birnbäumen und verlassenen Häusern, verkauft Walnüsse in
Honig, Konfitüre aus Rosenknospen und schafwollene Socken. Über
mir der blasse Mond.

Ich sehne mich so
Unter dem Bett. Wind, Schafe und Ziegen. Ein Teppichboden. Ein goldener Induktionsherd, ein Tuch mit Rosen und alte Lieder von weither.

Spätfolge
Eine beleibte Frau mit nur einer Brust überquert den Platz. Sie wird sich immer erinnern an den ersten Advent nach der Wende, als sie in der Schule Weihnachtslieder singen durften, sagt sie. Vierzig Jahre gab es nur einen Wintermann, ein Väterchen Frost, dem einmal sogar die Kleider vom Leib gerissen wurden, damit die Kinder sahen, dass es keinen Zauber gab. Zu Ostern brachte ein Kind einmal ein rotes Ei und legte es auf den Tisch bei der Tafel. Der Parteisekretär sah das, als er herumschnüffelte, und es gab ein großes Tamtam.

Ich sehne mich so
Mongolen singen für ihre Tiere. Es gibt Lieder, um Schafe dazu zu bringen, ihr Lamm zu säugen, oder um eine Ziege auf dem Weg zu halten, Lieder, die beim Melken von Kühen gesungen werden oder um das Weinen eines Kamels nachzuahmen.[8]

Er-innern

Ostgoten
Römer
Sudetendeutsche
Mongolen
Kelten

---

[8] Siehe: Lonely Planet Weltreise -Mit Lonely Planet durch alle Länder der Erde, Lonely Planet 2009.

Germanen
Kriegerische Nomadenstämme
Vandalen

Sie-innern!

Hl. Elisabeth, Brücke Sighişoara
Königin Regina Maria von Rumänien

Fremd

Aus weiten grünen Tälern, umringt von alten Gebirgen, erhebt sich
eine Trutzburg gegen die Mongolen, so mächtig, so als wüchse Fels
aus Fels. Da war allerdings nicht nur eine, sondern da waren Hunderte
dieser Anlagen. Und ich sehne mich nach der Weite, dem Ritt und den
Fersen, die das Pferd antreiben.

Ich sehne mich so

Wenn das Land weit ist: Niemals kann ein Kind verloren gehen bei den
Nichtsesshaften. Alte rennen einmal im Kreis und sehen es. Wenn
auch nur als Punkt. Und manchmal leuchtet und schimmert der Nord-
himmel bunt wie tropische Fische im Ozean.

Wurzel

Das Jahr 375 erinnern, mit kriegerischen Nomaden Weideland im
Westen suchen. Sich an den Wind erinnern, der ins Gesicht blies und
an das Ankommen mit all dem Grün und all der Weite. Im Mund runde
Kugeln, sie in der weiten Tiefebene des Westens ausspucken, die Ö's
und Ü's. Überall ließ immer jemand etwas fallen. Überall blieb immer
jemand zurück.

Ein Tumult. Ein Rücken und Klirren zum Aufbruch oder um zu bleiben. Es ist Ankommen für alle, die sich niederlassen mit dem Gebirge im Rücken und der Weite des Landes ringsum. Pferde schnauben. Es hat gebrannt. Es hat geblutet, es klopft.

Im Mongolensturm niedergerissen, zerfetzt, entehrt, verschüttet, mitsamt den Kolonisatoren der äußersten Ränder im Osten der christlichen Welt. Saxo Fulco, ein Diener des Königs, ein Soldat, ein Ritter und Kolonist des Wilden Ostens, kam mit seiner Familie während des Mongolensturms ums Leben.

Heute ist der Ort gepflastert. Leute promenieren, Kinder rennen durch Wasserfontänen. Tauben werden gefüttert und Fotos geknipst, so wie auf anderen Plätzen Europas. Wie in Melk oder Steyr, wie in Krems oder Stein. Ein Mann trägt eine dunkle Sonnenbrille. Wenn man von der Seite schräg hineinschaut, erkennt man die Mandelaugen, die ihm seine mongolischen Ahnen schenkten, nachdem sie hier eingefallen waren und dann blieben, statt sich mit den anderen zurückzuziehen. Zwischen den Schuppen wachsen den Dächern Augen, zwischen den Dachziegeln wachsen Gräser.

Von den Mongolen sind die Jägerzäune neben den Autobahnen geblieben, deren faltbare Holzgestelle ihrer Gere, und vieles Unsichtbare. Die bemalten Bauernmöbel mit Blumen und Ähren, mit Vasen in der Mitte und Weiß mit Rot sind von den Mongolen.

Ich sehne mich so
Eine Henne gackert. Eine Geige quietscht näselnd. Wind über den Wägen der Fahrenden. Summt ein Fluss unter einem dunklen Deckel aus Himmel. In einer Nische im Fels ganz geschützt: die blaue Madonna mit Blumen aus Plastik.

Fremd

Das zu Tode gezähmte Wilde hat die Form von Ehepaaren. Sie rollen als hermetisch abgeschottete Würfel wie die letzte Generation Koffer auf vier Rollen durch Gegenden, die Gattinnen stumm und schweigsam. Der Mann denkt an sich und sie denkt an beide. Eine Frau schält einen Apfel, schneidet Spalten und reicht sie dem Mann gegenüber. Eine Frau macht einen Buckel. Der Mann legt Papier drauf und schreibt.

Ein Mann hustet. Eine Frau reicht ihm eine Flasche Wasser. Derselbe Mann niest. Eine andere Frau reicht ihm ein Taschentuch.

Fürsorge hat seit Jahrtausenden dasselbe Geschlecht. Eine Frau verteilt Pralinen aus einer Bonbonniere. Der Mann nimmt alle Pralinen heraus und reicht der Frau den leeren Karton.

Eine Frau trägt eine Tasche. Ein Mann öffnet den Reißverschluss, entnimmt einen Stift, streicht die Pflege auf seine Lippen, steckt den Stift zurück und zieht den Zipp zu. Bemutterung. Das Ungestüme war erwürgt, die Zehennägel tadellos lackiert, der Rest perfekt adrett. Sie hielten sich fest an kleinen Apparaten und Maschinen, die sie vor ihre Augen hielten. Hinter den Kameras blieb alles geordnet und vertraut.

Ich möchte mich auf den Boden legen und warten, bis die Luft aus mir entwichen ist.

Er-innern

Huzulen
Malteser
Venezianer
Sekler
Preußen

Protestanten
Johanniter
Templer
Draker
Römer
Daker
Eutenen
Markomannen
Deutscher Ritterorden

Sie-innern!

Queen Victoria, Urgroßmutter des rumänischen Königs Ferdinand
Die fünfte Tochter des rumänischen Königs im Exil
Sisistatue in Budapest
Rose-Ausländer-Haus, Czernowitz

Ich sehne mich so
Wir hatten sechs hüfthohe Kästchen mit Türen und Laden und vorne
drauf waren Rosen und Rauchkessel gemalt mit Tassen und goldenen
Vasen.

Österreich
Ich treffe Deutsch statt Polnisch, statt Ukrainisch und Rumänisch. Und
ich treffe Metro, Billa, Raiffeisenkasse, Baumax, Obi, Lidl, Volksbank
und Penny.

Wurzel

Ich ziehe in mein Holzspitzenhaus. Es steht in einem Blumenmeer und aus den Blumenkästen vor den geöffneten Sommerfenstern quellen Farben. Die Bettwäsche raschelt so, als wäre ich ein Laib Brot in einem Sack aus Papier, so gestärkt ist sie.

Ich sehne mich so

Geschwollener Wind. Ein unscheinbarer Haufen von Steinen. Auf ihm verwehte Zweige. Zerfetzte Stoffstreifen verblichen. Leise knattern sie. Windgerupft. Milch hochwerfen und verspritzen, Mütze, Uhu-feder, Knochen und Gebein.

Nachplappern

Maria Theresia furzte bei einem Bankett. Brukenthal entschuldigte sich und sagte, er sei das gewesen und so wurde er der Hero der Kai-serin.

Ich sehne mich so

Vor dem Bild betend starren, sich versenken. Rauchfaden. Auf Bam-busstöcken reiten sechs rote Reiterinnen auf schwarzen Pferden mit hellblauen Schatten in den flachen Westen. Lichtblaue Pferde reiten voraus, verschwimmen mit Himmel, mit Wasser wie eine Idee von Ross.

Österreich

Unter einem Dorf in den Bergen liegen fünfhundert Tonnen Gold. Ein kanadischer Konzern hat die Rechte gekauft, die Dorfbewohner aller-dings wollen auf keinen Fall verkaufen, ihr Haus als Museum ver-markten und das gesamte Dorf vergiften lassen. Sie wollen sich nicht absiedeln und vertreiben lassen.

Schon den Römern ging es um Gold und um Sklaven. Niemals geht es um den Glauben alleine. Der Glaube steht immer vorne und verstellt den Blick auf das, worum es wirklich geht - um Schätze, vergraben in rumänischer Erde, in der Erde Galiziens. Damals ging es um Erdöl und Eisen, um Blei, Kohle, Salz, Flachs und Holz und nichts sonst, und die Monarchie war die drittgrößte Erdölförderin der Welt.

Fremd
Eine Burg sieht aus wie Neuschwanstein. Der Festsaal sieht aus wie ein gotisches Kirchenschiff ohne Altar. Dann kam die Industrie und umstellte die Burg wie damals die Türken. Die Räume sehen aus wie Gefängniszellen, wie in einer Kaserne, als hätte sie niemals wer bewohnt. Es sieht so aus, als hätte es hier niemals eine Frau gegeben. Außen kann man den Kopf heben und hinauf auf die Türme schauen und auf das Baugerüst. Wenn man den Kopf senkt, rennen Ameisen hysterisch mit Ladungen bergauf und verschwinden in einer Ritze im Beton.

Ich sehne mich so
Wir hatten einen hüfthohen schwarzen Schrank mit zwei Doppeltüren. Auf die waren zwei Kutten gemalt mit ausgebreiteten Ärmeln. So wie ein Kind, das die Arme ausstreckt, wenn es angekleidet wird. Die Kutten waren safranfarben mit braunen Ornamenten und roten Einfassungen am Kragen und an den Ärmeln. Die Kutten sind grün und kreisrund gestempelt.

Nachplappern
Die steinerne Frau des Dombaumeisters spuckt Wasser vom Dom, wenn es regnet, damit sie im Tode immerzu nur Wasser im Mund hat und nicht mehr Wein, denn im richtigen Leben war sie eine Säuferin.

Wurzel

Roma verkaufen am Straßenrand Kupferkessel. Ein Romajunge trägt ein Kind im Wickelpolster, dreht das kleine Gesicht zu seinem Mund und küsst es.

Ich sehne mich so

Die Teekanne klingt nach Aluminium. Die Steinschleuder klingt nach sicherer Entfernung. Und der Fernseher auf dem Karton klingt nach großen Versprechungen, wenn zwischen dem Rauschen, dem Schnee und den grauen Streifen, die nach oben wandern, ein Satz zu hören ist und ein paar Töne wilder Musik.

Spätfolge

Frauendorf ist blumenlos. Tote Rostungeheuer stehen eingestürzt herum im Tal. Ich habe diese Industrieruine in meinen Träumen gesehen. Ich habe ein Gebäude gesehen. Es ist aus dem Mittelalter mit Ruß überzogen und verrostet. Eine ältere Frau mit schlechten Zähnen, fettigem Haar und einem ausgeblichenen Rock mit Fusseln geht einmal im Bogen um die Stadt. Sie hat nur in der Diktatur gelebt, und als das Land frei war und alle davonrannten, blieb sie und pflegte ihre Mutter, bis diese starb. Erst nach der Wende erfuhr sie die Geschichte der Siebenbürger Sachsen und verstand, weshalb sie Deutsch sprach.

Ich sehne mich so

Reiter auf der Herbstweide.
Schneidet Wind mit kleinen Messerklingen Hände.
Drückt Gesichter platt und Nasen.

Wurzel

In Gegenden mit Dörfern voller Rosenstöcke wachsen aus bunten Blütenschäumen kleine Häuser. Die Höfe sind ausgelegt mit abgetretenen Steinen. Die Häuser geschnitzt mit bunten ziselierten Aufsätzen. Pastell. Haus und Zaun sind aufeinander abgestimmt wie ein Twinset und der Hausbrunnen wirkt wie ein Accessoire. Um das Haus führt ein Gang mit kunstvoll unterteilten Glasscheiben mit Spitzenvorhängen, und im Tor nisten Schwalben. Die Dächer sind aus Spitzen wie Tortendecken aus Blech. Aus nichts schaffen die Menschen ein Glucksen. Aus einem geöffneten Tor tritt eine Frau mit einem Strauß blühenden Salbeis.

Ich sehne mich so
In der Septembermorgenkälte auf einer Bank des Hotels Georg in Leopolis im Schatten einer Linde und wild wachsender Gräser geht die Sonne auf und ich sehne mich nach einem politischen Klima ohne Völkerwirren und ohne Fluchten. Ich sehne mich nach den Palästen der Roma, die ein ganzes Dorf ergeben mit spitzenbesetzten Dächern aus Blech und Hunderten Säulen und Türmchen und aus den Bauten spricht eine ewigalte Erinnerung an die Paläste Rajasthans, vielleicht ihrer früheren Heimat. Ich sehne mich nach dem Erfassen des Hintergrundes von Zeichen und Sprachen. Ich sehne mich nach den Dörfern der Roma, die aussehen wie in Afrika, und nach den Frauen in bunten Röcken aus Rosen, den lachenden Gesichtern. Mit ihnen zusammenstehen.
Ich sehne mich nach Zugehörigkeit und Zeremonie. Man sagt, in Czernowitz sei das so gewesen, was ich bezweifle, nach der Ausrottung.
(Von Jüdinnen, Türken, Roma, Mongolinnen, von Romnija, Türkinnen, Juden, Mongolen.)

Epilog

Mein Leopold ist fertig. Ich habe ihn mir aus einem Straußenei gebastelt. Die Krone ist eine Laterne. Der Hermelinbesatz ist aus zwei Pelzmützen. Die Samtstickerei ist aus einem Weihnachtsstrumpf. Das Kissen ist aus rotem Samt mit Glitzerpunkten vom Stoffmüller[9]. Das Stift kann mir die Reliquie nicht mehr vorenthalten. Ich habe meinen Privat-Leopold. Vielleicht hänge ich sogar ein Schild an die Haustür für Pilgerinnen und Touristen.

---

[9] Hallen voll von Stoffen, Nähzubehör und Krimskrams zu Schleuderpreisen in Kritzendorf, nördlich von Wien

Das Verlagsprogramm von **MARTA PRESS** umfasst

- in der Reihe »Substanz« Master- und Diplomarbeiten sowie
  Dissertationen zu Frauen-/Männer-/Geschlechterforschung,
  Gender und Queer Studies, Geschichte, Kultur- und
  Literaturwissenschaften, Wissenschaftsgeschichte;
- Sachbücher zu queer-/feministischer Gesellschaftskritik;
- Literatur zu/über (Sub)Kulturen, Kunst & Fashion;
- Fachliteratur sowie künstlerische Auseinandersetzungen zu
  psychischer, physischer und sexualisierter Gewalt und deren
  Traumatisierungsfolgen;
- Literatur zu Holocaust/ Shoah/ Nationalsozialismus/
  Emigration;
- belletristische, biografische und Sachliteratur zu psychischen
  Erkrankungen;
- biografische Literatur (Reihe »Nahaufnahmen«);
- belletristische Literatur (Reihe »Bellevue«)

Der Verlag ist interessiert an Manuskripten
von neuen oder erfahrenen AutorInnen.
Desweiteren fördert **MARTA PRESS** Vertreter/innen
von ART BRUT / OUTSIDER ART.

www.marta-press.de
Kontakt: marta-press@gmx.de